徳間文庫

花咲家の怪

村山早紀

徳間書店

目次

プロローグ　5
第一話　別れの曲　9
第二話　夏の川　59
第三話　火車　101
第四話　約束　173
エピローグ　地上に光るは輝く瞳　253
あとがき　265

登場人物

・**花咲茉莉亜**　美しい長女。千草苑の看板娘で、併設されているカフェ千草の経営者。風早の街の聖母と呼ばれている。怪奇小説とホラー映画が好き。

・**花咲りら子**　運動神経抜群で、物事を理論的に考える、冷静な次女。姉弟の中でいちばんの寂しがり屋だが、ひとに甘えるのが下手。

・**花咲桂**　母の面影を残す末っ子。彼の笑顔に誰もが心を開いてしまう。植物を操る能力が徐々に身についてきているところ。

・**花咲草太郎**　風早植物園の広報部長。かつて妻を亡くしており、完全に立ち直ったわけではない。そのため、他者の悲しみには敏感。三人の子の父親。

・**花咲木太郎**　草太郎の父。若い頃は有名なプラントハンターだった。現在は千草苑で造園と庭の手入れを担当。

・**小雪**　白猫。子猫時代、捨てられていたところを桂に助けられる。桂のことが大好きでいつも一緒。

・**有城竹友**　風早の街在住の少年漫画家。週二回、茉莉亜とラジオに出演している。

プロローグ

風早《かざはや》駅前商店街の、その立派なアーケードの一番奥の辺り。昔の戦争のあと、焼け跡からいち早く復活したいくつかの店の、その中でも特に古い店は、長い歴史を持つお花屋さんでした。その名を千草苑《せんそうえん》といいます。その昔はたくさんの従業員を抱え、大がかりな造園の仕事までも請け負っていた時期もある大きな花屋でしたが、今は仕事を縮小、花束や鉢物《はちもの》などを売り、なじみの家の庭を手入れする程度の仕事をしています。店の一部を使って品の良いカフェも経営していました。花と光があふれる店内で営業されるその店の名はカフェ千草《ちぐさ》。街の住民たちに人気の洒落《しゃれ》たお店でした。

戦後、ほぼ骨組みしか残らなかった状態から建て直された大きな店舗は、和洋折衷のレトロな雰囲気を持つ天井の高い木造の洋館です。明治時代に設計され建てられたその建物を元の通りに復元したものでした。この風早の駅前の辺りの店舗には、もともと歴史のある建物が多く、一部再開発された辺りに超高層のビルやホテルは建っているものの、昔ながらの街の姿も、住民たちの手によって、大切に保存されているのでした。なので、この千草苑のように、後を継いだ子孫の手によって、いにしえの、平和だった頃の姿に復元された建物もいくつかあるのでした。

遠い昔、敗戦間近の八月にこの街を焼いた大きな空襲の炎で、千草苑は、建物を包み咲き誇っていた見事な木香薔薇《もっこうばら》や蔓《つる》薔薇、庭の金木犀《きんもくせい》とともに燃えあがりました。

――そのとき、炎に追われ逃げ惑う街の人々の中に、不思議な光景を見たひとがいたといいます。

まるで洋館を守ろうとするかのように、薔薇の枝と花が揺れ、金木犀の枝が伸び、大きな翼のように建物を包み込み、火からかばっていたのだと。だから、木造の洋館は、その家に住んでいた人々、逃げ遅れた家族を奇跡のように守り抜くことができたのだと。

どこか魔法じみたその日の奇跡を、この街の人々が目撃しても、炎の中の幻だ、錯覚だと思わなかったのは、この風早の街が古くから魔法じみた出来事や伝説が多い街だったから。そして、洋館の主《あるじ》である花咲《はなさき》家の人々が、遠い昔から、当たり前のひととはどこか違うとささやかれる、畏怖の対象だったからでした。

　この家の人々は魔法を使うと、先祖は神仙やあやかしの血を引くものやも知れぬと、恐れられ、敬《うやま》われていた、千草苑と呼ばれる建物は、そんな一族の住まう屋敷だったのですから。

　それももう昔のこと。いまは平成の時代。

　焼け跡の名残《なごり》はもはやかけらもなく、戦後明るく華やかに復活し、栄えている街の、その復元された洋館に、いまも一族のゆかりの人々は暮らし、花を売っています。そしてあの日、館を猛火から守ろうとしたという薔薇たちに金木犀は、焼け残った根から復活し、いまも季節ごとに花屋の建物の壁を覆い、庭に立ち、光や星のように花を咲かせ、良い香りをさせているのでした。

第一話　別れの曲

千草苑《せんそうえん》の小さなワゴン車は、山間《やまあい》の道を何度もカーブしながら登って行き、やがて、古く小さなホテルの駐車場にその車体を滑り込ませました。山を登る間、ずっとそばに聞こえていた蟬《せみ》の声が、降りそそぐように、車を包み込みました。

『桜野《さくらの》観光ホテル』と書かれた看板がかかったホテルは、明治時代からこの地にあると、桂《けい》は、以前祖父から聞かされていました。桂の家、千草苑の古くからのお得意様です。館内のすべての観葉植物のメンテナンスと、庭の手入れをずっと引き受けているのでした。

今日は姉のりら子の運転で、桂はそのお手伝い。祖父に頼まれた夏のアルバイトでした。ひと夏お店を手伝えば、中学生にしては、そこそこ良い金額がもらえる約束になっていて、秋にそれで本をたくさん買うことを桂は楽しみにしていました。千草苑の隣にある在心堂《ざいしんどう》書店で、夏の真っ盛りのいまから、もう、あの本とこの本を買おうかな、なんてたまに見繕ったりもしていました。

そういうわけで、今日は最近運転免許を取ったばかりのりら子と一緒に、千草苑で預かっていたメンテナンス済みの鉢をいくつか届けに来たのでした。ここに限らず、いろんな場所に置かれている観葉植物たちは、どうしてもたまにお店に預かってのメンテナンスが必要になります。いわば緑たちの里帰りのようなもので、久しぶりの実家で疲れを癒やし、栄養や水を与えてもらった植物たちは、また元気になって、職場――今回だとホテルに戻っていくのでした。

千草苑でそれなりに楽しそうにしていた植物たちですが、自分たちの持ち場に近づくのを感じるにつれ、よしやるぞ、というような明るい雰囲気が漂い始め、ホテルの駐車場まで帰ってきたいまとなっては、喜びの合唱のような声が車内に満ちていました。――もっとも例によって、その声は、桂たち花咲《はなさき》家の血を引く者にしか聞こえない声なのですが。

植物たちの声を聴き、彼らの持つ不思議な力を引き出すことができる――それが、花咲家の人々が先祖代々持っている、異能でした。それが何に根ざすものなのか、自分たちだけになぜそんな力が宿っているのか、桂たち家族も、そして街の人々も知りません。

知らないままに、「そういうもの」として、花咲家の人々は代々草花と語り合い、街の人々はそれを見守ってくれているのでした。

一族の血を引き、そして風早《かざはや》の地に暮らせば、自然と備わる、魔法のようなその能力。桂はその力が目覚めるのが遅かったので、幼い頃は、家族の中で自分だけがみそっかすのような気がして寂しかったこともありました。みんなと「同じ」になれたのは、小学校高学年になってからのことでした。

桂はいまも「聞こえなかった頃」のことを覚えています。普通の人間として、緑と対峙《たいじ》していた頃のことを。

いまは道ばたの雑草たちも、森の木も、街路樹もざわざわ何か喋《しゃべ》っている世界に暮らすようになって、世界はなんと賑《にぎ》やかな場所だろうと気づくことができるようになり——。

同時に、同じ世界に暮らしているようでも、自分たち一家と「普通」の人々は、違う世界で暮らしているのだと気づいたのでした。

助手席から飛び降りるように下りた桂は、外に出た途端、わあ、と声を上げました。

夏の青空を駆け抜けるように、透明でひんやりとした風が吹いてきたのです。まるで、桂を歓迎するように。

目の前には、高原《こうげん》の町の美しい光景が広がっています。森と草原に包まれた、古く小さな町の情景です。油絵か、外国の映画の中に入り込んだようでした。

「まったく、この町は涼しいよね。下界とは別世界というか、冷蔵庫の中で暮らしてるみたい。夏の間は、ここで暮らしたいよねえ」

姉のりら子が、運転席のドアを開けて下りながら、しみじみといいました。

姉は昔から暑かったり寒かったりするのがあまり好きではないので――どちらもめんどくさいのだそうです。その割にはいつもそれなりに楽しそうに過ごしているように、桂には見えるのですが――それはそうだろうなあ、と桂は思います。

夏が嫌いじゃない桂だって、ひと夏ここで暮らせたら素敵だろうなあと思ったのですから。

どこからかのんびりとした牛の声が聞こえてきました。小鳥のさえずりも、森のあちらこちらから響いてきます。それとなく風情が洋風なのは、明治の昔から、この辺りには異国の人々が多く住んでいたからなのかも知れません。そのひとたちが商売のため、そして避暑や養生のために、と、ここで暮らしていた、と、桂は学校で習った記憶があります。

町の規模が小さいせいもあって、あまり知られてはいませんが、この町は観光地として歴史の古い町なのでした。その名前の通り、春には桜が美しく咲くという話で――。

（その頃、また来てみたいなあ）

緑の森のあちこちにも、町の街路樹にも、桜の木がたくさんありました。いまは緑の葉をそよがせた、夏の姿になっていますけれど、春にはきっとこの町は白や薄桃色の花の波に優しく覆《おお》われるのでしょう。

桜野町は山間の町。夏もさほど暑くはならないと聞いてはいました。それにしたって、と桂は思います。風早の街から、二時間もかけてここまで走ってきた車のエアコンよりも、よっぽど涼しいじゃないか、と。

下界は猛暑《もうしょ》で、うだるような暑さでした。それに比べると、ここは天国のようです。夏を知らない、楽園のような。

森の木々の葉が風にそよぎ、気持ちの良い音をさせています。香草《こうそう》や花々の畑があちこちにあるようすは、まるで絵のようでした。

うっとりするような風に吹かれて、植物たちはひとの耳には聞こえない声でうたっていました。――花咲家の一員である桂の耳には、もちろんその声は、いろんな高さや音量の声がうたう、コーラスとして聞こえていました。

桂はその歌声と、風の心地よさに目を細め、

「シャーベットみたいな風だな」

と、つぶやきました。

「風に香草畑の薄荷《はっか》の香りが交じっているから、ミントシャーベットだよね」

「アイスクリーム、ホテルのレストランで食べて帰ろうか。ここのアイスは美味《おい》しいよ。香草もミルクも美味しいから」

りら子が楽しげにいいました。ワゴンに積んだつややかな葉を茂らせた鉢をあれこれと抱え、車の外に出す準備をしながら。

「うん」

桂はうなずいて、姉の手伝いをしました。つい数年前よりもずいぶん力強くなりましたが、まだちょっと思うようには重たいものは運べません。桂は亡くなったお母さ

んや、おじいちゃんから体格を受け継いだようで、華奢《きゃしゃ》で小柄な少年でした。長身のお父さんの体格を受け継いだ姉ふたりとは違います。もう少し背が伸びるといいなあ、と思って、いつもミルクを飲んでいるのですが。

「焦ることはないわよ」

そんな桂を見て、いつも姉――長女の茉莉亜《まりあ》は優しく微笑《ほほえ》むのでした。

桂は、小さい頃、夏はあまり好きではありませんでした。いっそ嫌いだったかも知れません。いまと違って、とてもからだが弱かったので、日差しが強すぎるともう目《め》眩《まい》がして外を歩けなかったし、思い切って飛び出してみても、熱中症になりかけて倒れるだけだったのです。

（一緒に遊ぶような友達もいなかったし……）

そんな取扱注意の壊れ物みたいな子どもと遊んでくれる友達はいませんでした。たまに学校や町内会の行事で、涼しくなった夜、地域の盆踊りや夜祭りに出かけるにしても、そこで行われる肝試しや、お化け屋敷が死ぬほど苦手でした。

（だって、小さい頃から、怖いのもおどろおどろしいのも嫌なんだもの。なんだって、

夏はお化け関係のイベントばっかりあるんだろうって思ってげっそりしてたよ）

いまはずいぶん元気になったたし、友達も多くなったので、その頃の自分を懐かしくさえ思います。――いまならお化け屋敷も楽しめるかも知れません。友達と一緒に、騒ぎながら行くのなら、肝試しも楽しいでしょう。

ワゴンの後ろから駐車場へと、観葉植物の鉢を降ろしながら、りら子が訊いてきました。

「そういえば、桂は桜野町はあんまり来たこと無いんだっけ？」

「うん。……たぶん、今日が二回目くらいかな。ずうっと小さい頃に、一度来ただけだと思う」

桂も姉を手伝いながら、答えます。

「それ、何でだっけ？　わたしは子どもの頃、しょっちゅう、おじいちゃんやお姉ちゃんの手伝いでここに来てたけどなあ」

ホテルのミルクセーキ、美味しいんだよね、お昼のカレーとかさ、りら子は楽しそうに話します。

「お手伝いにくると、ご褒美にホテルのレストランに連れて行ってもらえたから、お小遣いよりも、わたしはそれが楽しみだったよ。桜野町って乳製品も野菜もお肉も、みんな美味しいんだもの。下界から遠い代わりに、空気も水も綺麗《きれい》だからね」

「うーんと、よく覚えてないんだけど」

桂はうつむいて頭をかきました。「最初に来たとき、たしか何かすごく怖いことがあって、ぼく、それっきり来なかったんだと思う。

……何だったかな？」

思い出せませんでした。

正直いうと、今日も気乗りはしなかったのです。でもバイト代のことを思い、自分ももう中学生だし、と思うと、いつまでも怖がっていてはいけない、と思い立ったのでした。

そもそも、なぜその町が怖いのか、その理由すら思い出せないようなことを、怖がっていてはいけないんだ、きっと、と思いました。

「ああ」とりら子は声を上げました。

「桂が桜野町で川に落ちたっていうのはお姉ちゃんから聞いたことあるけど。もしかしたらそれかかな？

　ということは、五年前のことになるかな」

「川？　五年前？」

「この町、小さな町の中に、川があちこち流れてるんだよ。それに古い橋が架かってて、ちょっと東欧っぽい感じがあるんだけど。

　桂はね、いつの間にか姿が見えなくなってたんだって。お姉ちゃんとホテルのひとたちが捜して、見つけたときは川原にひとりで立っていたって聞いたかな。どうも川に落ちたみたいだったって。びしょ濡《ぬ》れになって、それこそお化けみたいに夕方の川原に立ってたから、お姉ちゃんびっくりしたってさ。あのホラー愛好家のお姉ちゃんがびっくりしたっていうんだから、相当に不気味な感じで立ってたんじゃないの？」

「そ……そうかな」

　姉の茉莉亜はカフェのオーナー。街で話題の美女ですが、趣味は怪奇小説とホラー映画なのでした。いつも優しい笑顔を浮かべていますが、何を考えているのやら、やや底知れないところがあります。

「で、桂は、風早の家に帰ってきてから、熱出したんじゃなかったかな。その辺りのことはわたしも覚えてるような気がするな。まあね、あの頃、あんたはからだが弱かったものね」

雨に濡れても雪に濡れても熱を出していた記憶があります。そんな風に川に落ちれば、簡単に風邪を引いた自信があります。

桂は、町を見渡しました。夏空を映す川の流れが、町のあちこちで光っています。それはとても美しい眺めで、なんだって幼い日の自分が川に落ちたのか、その理由は思い出せませんが、水の流れに見とれていて落ちた、なんていうことはありそうだと思いました。

「でもさあ」りら子がいいました。

「いっちゃなんだけど、あんた、しょっちゅう転んだり滑ったり落ちたりしてたじゃない？　そういうの慣れてるような、っていうか、今更怖がらないかと思ってたけど？」

「たしかに」

桂は素直にうなずきました。

同じことを考えていました。

この自分が川に落ちたくらいのことで、この綺麗な町から遠ざかるほど怖がっただろうか、と考えると何か違う気がします。

風早の街でも川に落ちて、あまつさえ溺《おぼ》れそうになったことすらあるのですから。

りら子は大きな鉢をよいしょ、と、抱えなおして歩きながら、首をかしげました。

「ま、あんたは怖がりだったからね。蜘蛛《くも》見ても泣くし、蛇《へび》見ると気絶するし。何かそういうものにでも出くわしたんじゃない？」

「――そうかなあ？」

いまも足の数が多かったり少なかったりする生き物はちょっと苦手です。といっても猫の小雪《こゆき》が家に来て以来、そういった生き物はみんな彼女がどうにかしてくれるので、さして怖くはなくなりました。

小さい頃に山で何かそういう生き物を見て怖くなった、というのはありそうな話でしたが、では何を見たのか、当時の自分に何があったのか、と思い出そうとすると、背筋の奥の方でぞくっとする感覚があって――。

(何か違う類いのことのような気がするんだよなあ)

たとえば、生きるか死ぬか、みたいな。

見てはいけないものを見た、みたいな。

（思いだしたらいけないようなものだったりして）

そう思って、自分でぞっとしました。

りら子はそんな桂の様子には気づかないように、楽しそうな声でいいました。

「それか、あれだ。この桜野町には、怪談があるから、それが怖かったとかじゃないの？」

「――怪談？」

「そう。出るんだって」

何が、と訊かなくても互いにわかっていました。

「嘘《うそ》」

「ほんとほんと。わたし、何回も、ホテルのひとに、その話を聞いたもの。

あのね、森にね……」

と、りら子が何やら話しかけたときに、ホテルの玄関から、制服を着たホテルマンが顔をのぞかせました。

「こんにちは、千草苑です」

りら子が笑顔で挨拶をします。「緑の入れ替えに参りました」

そうして、早足で大きな鉢を抱えてホテルの方へと進んで行きます。桂は自分も小さな鉢をいくつか抱いて、その後を追いました。

夏の風が、また心地よく吹きすぎました。ホテルを包む小さな森の木々は風に揺れて、木漏れ日は美しく辺りに散ります。

明るい光の下にいると、一瞬感じた恐怖も、ぬぐい去られていくようでした。

ホテルを包むように立っている木々も、よく手入れされた芝や花壇の花も、ホテルの古い建物を覆うように茂っている蔦《つた》や葛《かずら》も、静かな声で、うたっていました。それは平和な歌。いまが幸せであること、平和な時代であることを言祝《ことほ》ぐ歌声でした。

(そうだね、ぼくは平和な時代に生まれてきて良かった)

祖父が子どもの頃に日本の敗戦で終わった、太平洋戦争。桂はその頃の世界のことを、祖父から口伝えで聞いて知り、また活字の世界や、映画にふれることで知っていました。

いまの時代から考えると、物語の世界の出来事にしか思えないような、遠い昭和の戦争の時代。桂の同級生の中には、日本がアメリカと戦争をしていた時代があった、なんてことさえ知らないひともいます。海外のことでいうと、これはたまたま同級生同士の会話の一部が聞こえたのですが、アウシュビッツという地名を知らないひとさえいました。

(忘れちゃいけないと思うんだ)

桂からすると、生まれるずっと昔の出来事です。でも、自分の国や、そしてこの地球上の他の国々に起きた、人間が起こした数々の非道な出来事は、せめて覚えていなければ、と桂は思うのです。

(よくわからないけれど、そうすることで、守れるものがあるような気がするんだ)

過去の不幸を忘れ去ってしまうというのは、その時代に生きていて、生きることを途絶されてしまった人々の存在を忘れるということでした。自分がそうされたらきっとさみしいから、桂は忘れないようにしようと思っていたのかも知れません。

ホテルのひとたちにも手伝ってもらって、植物たちの鉢をそれぞれがあったという元の場所に並べました。ハート形の緑色の葉を茂らせたポトス。それより濃い緑色の葉はフィロデンドロン。台車を使い、ホテルのひとに手伝ってもらって移動させたのは、見上げるほどに大きな椰子《やし》の木。それにガジュマルの木。コーヒーの木もありました。かわりに少し疲れた様子のある鉢を引き取って帰ります。「里帰り」です。植物同士で、「いってらっしゃい」「いってきます」と口々に挨拶を交わすかわいらしい声が聞こえて、桂は微笑みました。

幸いというのか何というのか、今日はホテルはあまり繁盛していないようで、他のお客様に出くわすことはなく、誰にも気を遣わずに、植物を移動させることができました。

「今日は静かですよねえ」

とホテルのひとは少しだけ恥ずかしそうにいいました。「うちのホテル、けっしてそこまで人気がないわけじゃないんですが、年に何回かこういう、まるで天使が通った、どころか、休憩してるんじゃないか、って思えるように、館内が静かになる日があるんですよ」

ホテルとワゴンとの間を何回か行ったり来たりしているうちに、いくら涼しい高原でも、さすがに桂は疲れてきました。

桂の足元がおぼつかない感じになっているのを、りら子が目の端でみとめたような

表情をしたかと思うと、

「先にレストランで休んでなさい」

お姉さんらしい口調で命じるようにいって、桂を置いて、どこかに行ってしまいました。去り際に、「あっちよ」というように、廊下の向こうを指さして行きました。

「適当に何か頼んでいていいから」

桂は、「でも」といってあとを追おうとしましたけれど、そのときには、姉の姿はもう見えませんでした。

りら子は、幼い日に母を亡くしたとき、家を守る植物たちに乳母のように守り育てられたせいなのか、一家の誰よりも、植物に近いようなところがありました。幼い日には自分と緑たちとの間の境界線をときどき見失ったこともある、という程度に緑と親和性が高いのです。

そのせいか、緑が濃いところに行くと、彼らの力をわけてもらうかのように、元気になり、生き生きとしてくるところがありました。

いまがちょうどそれで、山里に来たりら子は、故郷に帰ってきたひとのように、軽やかにあれこれと働いていたのでした。

「ぼくにはとても……」

桂はため息をつきました。

「あんな風にはなれないや」

たとえば魔力のような、植物と会話し、操ることさえできる力――その力そのものは、我ながらなかなかのものだと思うのです。けれど、つい数年前、やっと芽生えたその能力は、まだ姉たちや父、祖父の持つ力のようには安定せず、桂のひととしてのからだに馴染《なじ》んでいるとはいえないのでした。

ふう、とため息をついていると、優しい姉、茉莉亜の声が聞こえるようでした。

「無理はしないのよ。焦らなくていいの。桂ちゃんはいつかきっと、強い子になる。いいえ、強いおとなになる」

なぜわかるの、と桂が訊き返すと、姉は笑顔で答えました。

「だって桂ちゃんは優しい子だから。身の回りの誰かに優しくなれる子はね、いつか、ほかのみんなのために強くなろうと思えるの。思えば強くなる。

だからね、大丈夫よ」

りら子の腕が指し示した方へと、薄暗い廊下を、桂はひとり歩いて行きました。

古い絨毯《じゅうたん》が敷かれた細い廊下を行くと、窓ガラスの向こうで、蟬たちの鳴く声が、どこか潮騒《しおさい》のように聞こえました。どこか懐かしいような、寂しくなるような声でした。

このホテルを包む山全体に蟬たちはいて、それぞれ木に止まって命の歌をうたっているのでしょう。下の街で聴くよりも、遠く遠くから聞こえて、桂を波のようにくるんで、包み込み、どこか違う世界へと流し去ろうとするようでした。

レストランにも、ひとはいませんでした。

お客様どころか、店のひとの姿もどこにも見当たらなかったのです。

廊下の突き当たりの大きな扉を開けた向こうにあったそこは、半分がテラスのように庭に突き出たかたちになった、美しい庭園レストランでした。

下界ではいまの時期は暑すぎて咲かない薔薇《ばら》たちが、ここでは涼しげな風の中で、咲き誇っています。見事な白薔薇の群れでした。

薔薇たちのとりとめもないおしゃべりのような歌声に耳を澄ましながら、桂はお店のひとの姿を探しました。

　のどがひどく渇いていて、何か冷たいものを頼みたかったのです。

けれど、白いテーブルと椅子が並ぶレストランには、誰の姿もありません。白い薔薇たちの咲き誇る庭園の向こうまで見やっても、誰の気配も無いようでした。

　桂は肩を落としました。でもきっとじきに、誰かお店のひとが帰ってくるでしょう。それを待つしかないと思いました。

　飲み物がすぐには飲めなそうだとわかると、のどの渇きがいや増しました。さっきから目眩もしてきています。体温も高いようだな。

「まずいなあ、熱中症じゃないよね……」

　この町の涼しさに安心しすぎて、動きすぎたかも知れません。最近は元気になったといっても、元が丈夫なわけではないのです。

　白い椅子に腰を下ろそうとしたとき、桂はふと目を上げ、また立ち上がりました。

　レストランの一角、建物の内部に近い辺りに、つややかな黒いピアノが一台、置いてあったのです。

　きっとこのレストランでは、ディナータイムに生演奏を聴かせたりするのでしょう。

ピアノを使ったコンサートが行われることもあるのかも知れません。

丈高い椰子の木や、ゴムの木に取り巻かれたその姿はとても美しく、桂を呼んでいるように見えました。――蓋《ふた》が開いています。

桂はいつの間にか、そのそばに行き、椅子を引いて座っていました。

鍵盤に向かうと、木の香りがふわりと桂を包み込みました。おかえりなさい、というように。

鍵盤に指を置くと、胸がどきどきしました。

薄く目を閉じて、そして桂は曲を奏《かな》でました。何も考えず、指だけが自分とは違う生き物だと思うようにして、動くに任せていると、静かな空間の中に、メロディが流れました。

町を包む風の音と、小鳥のさえずり、蟬たちの合唱が響く中に。

『別れの曲』でした。

桂はピアノを習ったことはありません。家にピアノもありません。なのになぜか、この曲だけは、指が覚えていて弾《ひ》けるのでした。

ふと、傍らに誰かが立つ気配を感じました。ふわりと柔らかい毛の感触がします。

犬の甘い匂いと、あえぐ声と。

そっと振りかえるとそこに、桂のすぐそばに、大きな白いシェパードがいました。犬は顔を上げ、ひやりとした茶色い鼻が優しく桂の腕に触れました。その感触がとても懐かしいような気がしました。

そして、犬のそばには、長い金色の髪の女の子がにこにこ笑いながら立っていたのです。桂と同じ年くらい、少なくともあまり変わらない年齢の女の子のように見えました。緑色の瞳がいたずらっぽく、桂を見つめていました。白いレースのワンピースは古風で丈が長く、お姫様のようでした。ふわりと薔薇の香りがしました。

最初、お客さんが来たのかな、と桂は思い、その子を見ているうちに、はっとしました。

その緑色の瞳と、笑顔は懐かしかったのです。思わず、あ、と声を上げました。

「——ええと、ぼくは」

そう、この子を知っている。と思ったのです。たしかに会ったことがあるような。

女の子は笑顔のまま、首をかしげました。黒いピアノに寄り添いもたれかかって、無言で、また弾いて、という眼差《まなざ》しをしました。まばたきをすると、長い睫毛《まつげ》が鳥の翼が小さく羽ばたいたように見えました。金色の巻き毛が水の流れのように、柔らかく黒いピアノにしだれかかりました。

「ぼくは――」

桂はいいかけて、でもその先の言葉が浮かばずに、ただ鍵盤の上で指を動かしました。

魔法のように指が動いていきます。誰かが桂の指を借りて、そこに音を生み出そうとしているように。

桂は目を閉じました。桂の家にはピアノがありません。学校の音楽室で弾くくらいです。だけどわかっています。指を自分の頭で動かそうと思ってはいけない。どこか遠くの世界から伝わってくる波を受け入れるように、指が動くまま、弾いていかないと。

弾き終わりました。

最後の音を奏で、その音の残響が静かに、風の音や蟬や小鳥たちの声に溶《と》け込んで、野山に響いていきました。

「じょうず、じょうず」

女の子は優しい声で褒めてくれました。少しだけおぼつかない感じの、でもあたたかい日本語でした。そして、「ケイ」──女の子は、彼の名前を呼びました。

桂が目を開け、見上げると、女の子は、じっと桂を見つめました。白い指で、自分の方を指さして、「ユリアよ」といいました。

「ユリア。わかる？　ケイ、げんきだった？」

桂は言葉をのみ込みました。

一瞬、大きな家の中のことを、その家にいた記憶を思い出したからでした。

その家は、家の周囲を緑の木々と花に取り巻かれていました。家の中にも植物がたくさんで、古く天井の高い西洋館は、まるで植物園のようでした。

その家には天板に美しい絵が描かれた、見事な古いピアノがあり、桂はそのピアノで『別れの曲』を教えて貰《もら》ったのでした。

その家に住む優しい家族たちから。

ユリアから。金色の髪の女の子から。

白いシェパードがそのそばで楽しそうに寄り添い、大きなしっぽを振っていました。そのしっぽは床に当たり音を立てていました。ちょうどいまと同じように。

家の外には見事な白薔薇が咲き誇り、淡《あわ》く香りをさせていました。

「桂」

肩を揺さぶられて、桂は目を開きました。

「大丈夫?」

りら子でした。心配そうにこちらを見ています。

桂はピアノに寄りかかるようにして、眠っていたらしかったのでした。身を起こそうとすると、木の匂いと、滑らかなピアノの鍵盤の感触が、その音が桂を包み込みました。

「——ユリアは?」

桂は辺りを見回しました。金髪の少女の姿も、白い犬の姿もありません。かすかな薔薇の香りだけが、その場にありました。

りら子は不思議そうな顔をしました。

「どこかに行っちゃったのかな。ぼくの友達とその犬が、さっきまでここに……」

「寝ぼけてるの?」

りら子は半分笑うような声でいいました。

「桂はひとりでここにいたよ。少なくとも、わたしが見た感じでは」

「え？」

「あのあとすぐ、ホテルのひととの打ち合わせが終わったのよ。レストランにわたしはすぐに向かって、おや、綺麗なピアノの音がするなあ、と思って見たら、あんたがここでピアノを弾いてたんだけど——。

あんたの友達らしい誰かも、犬も、わたしは見てないけど。あんたはひとりでピアノを弾いてたし、弾き終わったらぱったりと。

夢でも見てたの？」

桂は鍵盤を見つめました。

からだにはまだ、甘い感じの疲れとだるさが残っています。——夢だったのでしょうか？　疲れていたから、それで見た幻？

（そんなはずは）

夢や幻にしては、はっきりとしていたと思います。まばたきをしていた長い睫毛も、柔らかそうな長い金色の巻き毛も、たしかに桂はいまここで見たのです。白いシェパードの、甘い匂いもかぎ、腕に触れるひやりとした鼻の冷たさも感じたのです。

「それにしても」不思議そうにりら子が訊きました。「桂、ピアノが弾けたのね」

「うん。この曲一曲だけは弾けるんだ」

「『別れの曲』だけ？」

「うん」

「どこで覚えたの？」

「ええと、たぶん、前に桜野町で。――だと、思うんだけど……」

さっき思い出したと思った、緑に包まれた家の記憶が、言葉にしようとすると、ぼやけて遠のいていきます。

まるで夢で見た情景のように。

でも桂の目はたしかに、緑色の瞳の、いたずらっぽい笑みを浮かべた少女を見たことがある、そんな気がするのでした。あの瞳に見つめられて、メロディを覚えたことがある、と、指と耳が覚えているのでした。シェパードの尾が床を叩《たた》く音も記憶にあります。白薔薇の香りも。

「前にこの町で、ってことは、一度だけ来た、あの、川で溺れたときのこと？」

「うん。……だと、思うんだけど」

「うーん」

りら子は腕を組みました。

「それちょっとおかしくない？」

「おかしい？」

「だって、あのときの桂は、ちょうど今日みたいに、お昼過ぎにこの町に来て、その日の夕方にはお姉ちゃんの車で風早に帰ったんだよ。わたしはピアノは『ねこふんじゃった』しか弾けないから、よくわからないけど、『別れの曲』って、小さい子がそんなにかんたんに暗譜することができるような曲なのかなあ？」

「………」

でもぼくは、と言い掛けた言葉が、口の中で消えてゆきます。そう。たしかに何だかおかしな話なのでした。

さっき見えた、あれがほんとうの過去の記憶だとしたら、なぜユリアは、記憶通りの少女なのでしょう？

（五年、経《た》ってるんだ）

さっきここにいたユリアは、記憶と同じ姿の少女でした。そのままの年格好でした。

あれから五年、経っているのに。


お店のひとが来ました。

桂はりら子にうながされるようにして、ピアノのそばを離れ、綺麗なテーブルクロスが掛けられたテーブル席へと移ったのでした。

冷たいミルクを頼んだまま、桂はうつむきました。膝の上に載せた自分の指がこわばっているのが見えます。

この指はたしかに『別れの曲』を一曲だけ奏でることができる指で——でもそのわけを、どこで覚えたのかを、いままできちんと考えてみたことがありませんでした。

そちらを振りかえると、怖い闇が広がっているような、そんな気がして。

「千草苑のお嬢ちゃん、いらっしゃいませ。

おや、こちらのぼっちゃんは？」

優しい声が、りら子に訊《たず》ねるのが聞こえました。おじいさんの声です。

桂が顔を上げると、ウエイターのおじいさんが、優しい目をして桂を見ていました。

「弟の桂です」

ああ、とおじいさんは懐かしそうに声を上げました。

「ということは、あのときの。きみ、おじいちゃんのことを覚えていますか？」

「ええと」

桂は曖昧に微笑みました。

まるで記憶にありません。というよりも、以前ここに来たことさえ、桂にははっきりと思い出せず、ただ心に浮かぶのは、夢とも現実ともつかない、ユリアとピアノと白い犬と、緑に包まれた屋敷の情景なのですから。

「あのときはすまなかったですね」

おじいさんは桂に頭を下げました。「変な話をして、怖がらせてしまって。……いや悪気があったわけじゃないんです。あんまりぼっちゃんが水に濡れてびっしょりで、疲れてたものだから、その、何か話さないと、と思って。ぼっちゃんから森の屋敷の話を聞いたもんだから、ついそのお屋敷はもしかして、って悪のりしてお化け話話してしまって」

「森の屋敷――お化け話」

瞬間、思い出したものがありました。桂は驚きのあまり、立ち上がろうとして、目の前に置かれていた水の入ったコップをひっくり返しました。膝にかかる水の冷たさに、あの日の記憶がいよいよ呼び起こされるようでした。

その一言で、水の冷たさで、たくさんのことを思い出せました。まるでその言葉が、記憶を閉じこめていた扉をノックし、開いていったように。

「そうか……」

桂は指を握りしめました。

「――そうか。そうだったのかも知れない」

山の天気は変わりやすく、あんなに晴れていた空が、気がつくと曇り空になり、やがて雨が降り始めました。

この雨の中を慣れない車で帰るのは嫌だとりら子がいい、花咲家のふたりは、そのまましばらくの間、ホテルにとどまっていたのでした。

桂はホテルのひとに傘を借りて、雨の中、ホテルのそばに広がる森へと足を運びました。心の中で訊ねると、周囲の木々が、「その屋敷」への道を教えてくれました。

（あの日は道に迷ったんだ……）

仕事をしている茉莉亜を見ていることに飽きて、ひとりで森を歩いているうちに、空から雨が降り出しました。ちょうどいま降っているのと同じような、まっすぐに地面を叩くような雨が。

空は暗くなり、迫ってくる雷の響きと、稲光に、幼い桂は怯《おび》えました。戻るべきホテルが、茉莉亜のいる場所がどちらなのかわからず、知らない森は深く、足元は木の根でごつごつとしてぬかるんで、心底怖かったことを、いまは思い出せます。

（あの頃のぼくは、緑と話せなかったから）

誰も桂を助けてくれませんでした。

緑に包まれていながら、桂はあのとき、ひとりぼっちでした。叫んでも泣いても、潮騒のような雨の音が吸い込み、消してしまって、誰も見つけてはくれませんでした。

何度もころんで、泥だらけになりながら、何とかひとりでホテルに帰ろうとしました。

雨に濡れて、疲れて、寒くて、傷だらけでした。怖くてたまりませんでした。

すると、雨の中に、美しいピアノの音が聞こえたのです。人々の明るい笑い声も聞こえました。楽しそうに犬が吠《ほ》える声も。

音の聞こえる方を探し、雨の森を歩きました。やがて、目の前にふんわりと光が見えてきました。森の中に一軒の美しい屋敷があり、光はその窓から漏れているのでした。

緑と花に取り巻かれた、美しい家でした。白薔薇が甘く香っていました。

桂がころびつまずきながら、その家に行こうとすると、やがて玄関の扉が開きました。

光の中から、まるでその光でできたような、白い犬と、白いレースのワンピースを着た金色の髪の女の子が、桂の方へと来てくれました。

桂はそのときぬかるみに転んだまま、泣いていました。

背の高い女の子は桂のそばにしゃがみこみ、白い手を優しくさしのべてくれました。柔らかく温かいてのひらは雨の中で、光に包まれているように見えました。

（天使だ）

と、そのときの自分が思ったことを思い出しました。

この優しそうなお姉さんは、まるで天使のようだ、と思ったのです。

あの時と同じ雨の森の中で、緑と土の匂いを感じながら。潮騒のような雨音を聞きながら。はっきりと思い出したのです。

天使のてのひらだ、と思ったのです。

そのてのひらからは、淡い薔薇の香りがしました。

森の木々に、こっちだよ、こちらですよ、と教えられ、やがて、桂は「その場所」に辿《たど》り着きました。森の中の、かつてその屋敷と出会った場所に。五年前、泥だらけになり、疲れ果てて辿り着いたその同じ場所に。そこは小高い丘の上、すぐそばを川が流れていました。川の水は降りそそぐ雨を巻き込んで、音を立てて速く流れています。——あの日と同じに。

今日の桂は傘を差していました。どんなにぬかるんだ道でも、森の木々に守られて転ぶこともなく、ひとりぼっちでもありませんでした。泣いてもいず、さみしくもありませんでした。

森の中に、どことなく周囲と気配の違う場所がありました。そこだけ伸びている木々の背丈が低く、若い木が生えているように見えるところ。

桂は傘を差したまま、しゃがみこみました。――足元に、緑の波にのまれかけた、建物のかけらが見えました。黒焦げになり、砕けた、柱の一部でした。

そのそばに、白い薔薇が一輪、奇跡のように咲いていました。雨に打たれながら、森の薄闇の中で、光を放つ星のように。

草の中で、目を閉じました。

五年前、桂はここで光のてのひらに優しく手を引かれ、あたたかな屋敷の中に迎え入れられたのでした。緑が満ちた、幸せそうな家の中で、『別れの曲』を教えて貰いました。

最初にその屋敷を見つけたとき、聞こえてきた優しく懐かしい音楽が美しくて、自分も弾けたらいいのに、と何気なく話したら、白いてのひらの少女が――ユリアが教えてくれたのでした。

天板に絵が描かれた美しいピアノの前に、桂を座らせ、手に手を添えるようにして。

女の子は少ししか日本語が話せず、桂には女の子の国の言葉がわからなかったのですが、そこにピアノがあれば十分でした。

女の子は自分の胸に手を当てて、「ユリア」といいました。「あなたのなまえは?」

「桂」桂が答えると、女の子と女の子の家族は、優しい声で、「ケイ」と呼んでくれました。

お父さんが、女の子よりも上手な日本語で、いいました。

「ゆっくり休んでおいで。涙が乾くまで。手足の傷が乾き、疲れが癒えて、また自分の足で歩けるようになるまで」


どれくらい時間がかかったものか。

いつか桂の耳と指は、その曲を完全に覚えていました。

その頃には涙も乾いていて、疲れも癒えて、寂しさも感じなくなっていました。

白いてのひらの少女と、そして少女の優しい家族たちは、屋敷の外まで、桂を送ってくれました。家の外には、白い薔薇たちがぼんやりと光を放つように咲き誇っていました。

ユリアが、緑色の瞳で、桂を見つめました。明るく元気な、でもお姉さんの眼差しで。

「ケイ、げんきでね。あなたとあなたのたいせつなひとたちに、かみさまのめぐみがありますように」

そうして桂は、屋敷の放つあたたかな光に見守られて、薄闇の満ちる森の中を、ホテルを目指して帰ろうとしたのでした。白薔薇の香りが漂う中を、ひとり笑顔で帰っていったのでした。

もう雨は止《や》んでいました。

帰るべき方向は、ユリアに教わっていました。

ぬかるむ山道を、木々につかまりながら顔を上げて、帰ろうとしました。

が。そこはその頃の桂なので、あと少しで森を抜けられる、じきにホテルが見えてくる、という辺りになって、足を滑らせて、下を流れる川に落ちたのでした。

「ぼくね、教えていただいた通り、一生懸命帰ろうとしたんですけど、最後の最後になって、ドジっちゃって」

五年前は、雨降る中に綺麗な屋敷があった、その場所に向けて、桂は話しました。

いまは笑顔で、傘をきちんと差して。

「でもね、おかげさまで無事に帰り着くことができました。あのときはありがとうございました。今日までお礼にうかがえなくてごめんなさい」

桂は傘を軽く畳み、深く頭を下げました。

誰もいない森の中で。

一輪だけぽつりと咲いた白薔薇が、雨に濡れながら、桂の言葉を聴いてくれているようでした。

返事はありません。けれど桂は、いまの言葉が、きっとそのひとたちに届いたと、そう信じていました。

傘を差して、「また来ます」というと、りら子の待つホテルに向かって、森の中を歩き出しました。

もう足元が危ういこともなく、誰に教えて貰わなくても、迷うこともなく。

あの頃とひとつだけ同じだったのは、歩くうちに、涙が流れていたことだったかも知れません。桂はときどきてのひらで目元を拭いながら、でも立ち止まることも振りかえることもなく、森の外へと向かったのでした。

泣いていることを、森の奥にいる人々に気取《けど》られないように。優しい存在に心配させないように。元気で帰ったと思ってもらえるように。

ホテルのパンや焼き菓子をお土産に買って、桂とりら子は夜になる前に、風早へと帰りました。

その頃には雨も止んできていて、いつまでも明るい夏の山道には、一時鳴きやんでいた、蟬や小鳥たちがまたにぎやかに歌い始めている、その声が満ちていました。

命の声だなあ、と桂は思いました。

泣きはらした桂の目を見ても、りら子は特に何を訊いてくるでもなく、ワゴンを走らせたのですが、助手席の桂は、そんなりら子に、ぽつりぽつりと五年前と今日あったことなどを話していったのでした。ユリアのことも、ユリアの家族のことも、そして森の家のことも、ずっと忘れていたのだ、ということを。

運転席と助手席と、ふたりともが見つめ合うこともなく、前を向いていられたから、話しやすかったのかも知れません。

「五年前、川原で、茉莉亜お姉ちゃんに見つけられ、助けられて、ぼく、ホテルに帰ったでしょう？　そのときまでは、まだ覚えていたんだ。普通の家にお呼ばれしたんだと思ってた。だからまたこの町に来たときは、遊びに行こうと思ったの。ホテルのロビーで、ホテルのひとにタオルを借りて、からだを拭いていたときに、レストランのあのおじいさんがやってきたんだ。

ぼく、あのおじいさんのこと好きだな、って思ってたから——訊いてみたんだよ。森の奥に住んでいる家族を知っていますかって。白薔薇の咲く、綺麗なお屋敷がそこにありましたって。そのひとたちにぼくは助けてもらったんです、ってね。いつかまたきっと、あの屋敷へ、訪ねていきたいと思ってます、ってさ。

そしたら——教えてくれたんだ。

この町にある怪談のことを。お化け話のことをね。道に迷ったり、辛《つら》いことがある誰かが森の奥へ行くと、お化けにきっと助けてもらえるんです、って。そういうことが好きな優しい幽霊たちが森には住んでいるんですよって」

桂は窓の外の緑の波を見ながら、言葉を続けました。

「ぼくね。おじいさんのいうことが信じられなくてね。もう一度、森へ戻ってみたんだ。あの頃の、緑の声が聞こえない、緑と会話もできない、そんなぼくだもの。それはとても大変なことで——でもぼく、どうしてもたしかめたくて。森の奥に、あの白い薔薇に包まれた、綺麗なピアノのあるお屋敷はあるって。

奇跡みたいに辿り着いてね。でもそこに、ユリアの家はなかったんだ。焼け焦げた屋敷の跡が、緑にのまれて残っていただけで」

あの日、レストランのおじいさんは、ロビーにいた桂に話してくれたのでした。

そのとき、ちょうど茉莉亜は桂のそばにいませんでした。桂が見つかってほっとした茉莉亜は、一緒に捜してくれていた桜野町のひとたちにお礼をいいにいっていたのだと、そう桂は記憶しています。たしか大事《おおごと》になっていたのです。

「ずっと昔、昭和の戦争が始まる前辺りは、森の中に、そんな家があって、幸せそうな外国の一家が住んでいたんです。ドイツから来たひとたちでした。日本の子どもたちに音楽を教えに来たお父さんとお母さん、それにかわいい女の子。金色の髪の、天使みたいにかわいい女の子だったそうです。白い犬もいました。大きな犬で、立派な犬だったそうですよ」

おじいさんはいいました。物語を語るような口調で。

「でもねえ、戦争が始まってね。そのうちのひとたちは一家で故国に戻っていったんです。それきり日本には帰ってこなかった」

どうしてですか、と桂は訊きました。

嫌な予感がして、でも訊かずにはいられなかったのでした。

「ユダヤのひとだったそうです」

と、それだけ、おじいさんは答えました。

「ほんとうには、日本を離れた一家に、それから何があったのか、わからないって話です。この町の誰にも何のたよりもありませんでしたから。

ただそのひとたちは帰ってこなかったんです」

幼かった桂ですが、その時代のドイツで、ユダヤ人であるということが、どんな意味を持っていたのか、それはわかっていました。

家に『アンネの日記』があったからでした。

おじいさんは言葉を続けました。

「森に残されたお屋敷にはある日落雷があってね。燃え尽きてしまったんです。けれど、いまもそのお屋敷のひとたちは、森の奥で幸せそうに暮らしてるって話があるんです。魂だけが、こっちに帰ってきたんでしょうか。日本が大好きだって、また帰ってくるから、っていってドイツに戻っていったって話ですからね。

そうしてね、森の奥のその一家はね、道に迷ったり、辛いことがある誰かが森の奥へ行くと優しく助けてくれるって、そんな話がある。

桂君、きみが会ったのは、きっとね……」

「違います」桂は泣きながら首を横に振ったのでした。「だってぼくは、たしかに、ユリアの家に行ったんです。ピアノだって習って」

おじいさんはため息交じりにいいました。

「森の奥にはね、そんな洋館はないんです。お化け屋敷の、その昔の燃えてしまった家以外は」

桂はそして森を再び訪れたのでした。

「それでぼく、知ったんだ。ぼくが助けてもらったお姉さんや、優しい家族は、もうこの世の存在じゃないんだって。

それも辛かったんだけど、怖かったんだけど。ぼくね——あの優しいひとたちが、ひどい死に方をしたのかも知れないってことが悲しくて。人間と世界がすごく怖くて。それで小さかった頃のぼくは、全部忘れてしまったんだ、と思う」

幼い頃の桂の心には、受け止めきれるだけの大きさの悲劇ではなかったのです。いまの桂には当時の自分の気持ちがわかるような気がしました。新しい涙が頬を伝いました。

ハンドルを握るりら子は、その涙に気づいたのかあるいは気づかなかったのか、さらりと普通の口調でいいました。

「有名だもんね。森の奥の幽霊屋敷の話は」

なんてことない、そんな感じで、ありふれた街の噂話《うわさばなし》でもするように。「とにかく親切で優しい幽霊一家でさ。桜野町のある森で誰かが泣いていたら、いつの間にかそばにいて、慰めてるなんて話が、たくさんあるんだよね」

「お姉ちゃんは、会ったことあるの？」

「ないよ」

「信じてるの？」

りら子は運転しながら、肩をすくめました。

「ほら前にクリスマスに、みんなで同時に見た幻でなかったら、ずばり見ちゃった、なんて経験したじゃない？」

「たしかに」

桂はうなずきました。数年前の冬、クリスマスの夜のことは、忘れられません。その夜、奇跡のように天から訪ねてきてくれたひとのことも。

ワゴン車は、幾度もカーブしながら、山道をゆっくりと下っていきました。特にすれ違う車もなく、まるで世界に桂とりら子のふたりしかいないようでした。

桂が黙って洟《はな》をすすっていると、りら子が前を向いたまま、車の物入れからタオルを出して、桂に渡しました。

桂は少し埃《ほこり》っぽいそれを顔に押し当てて、しゃがれた声でいいました。

「……いちばん楽しかった頃の思い出が、魂になって、いまもあそこで暮らしているのかなって、ぼく思っちゃって。森の奥の家に、思い出だけが――魂が、海と空を越えて帰ってきて、いまも暮らしているのかなって。

そういうの、さみしくはないのかな、って思って。ぼく、どうしても――どうしても思ってしまって」

りら子は素っ気なく答えました。

「さみしくはないいんじゃない？　森の緑や、薔薇の花がそばにいるのなら、きっとさみしくはないいんだと思うよ。

あんただって、わかるでしょう？」

緑が茂る山の道を、たまに木々の葉が車体に擦《こす》れる音を聴きながら、桂はうなずきました。森の木々は、薔薇の花は、きっといつも一家のそばにあり、一家のさみしさも喜びもすべて見守り、抱きながら、風に揺れているのでしょう。きっとこの先の未来も。ユリアたちの魂が、あの森に在る限り。

「でも、お姉ちゃん。ずっとそんな風に、魂だけが地上にいることって、不幸じゃないのかな？」

「さあねえ」りら子は器用にハンドルを操り続けます。「ただね、あの森の家の怪談を思うと、それがいわれてるとおりなら、わたしは楽しそうなお化けだな、としか思えなくて」

「――楽しそう？」

「だってさ、あんたみたいな迷子に優しくて、ピアノとか教えてさ。あとね、わたしが昔聞いた話だと、山で道に迷う旅人や、死にたくて迷い込んだひとを、お茶とお菓子でもてなして助けたこともあるって、そんな怪談がたくさんあるお屋敷なんだよ？　考えてごらんよ。その思い出たちが不幸でさみしいなら、そんな人助けが生きがいみたいなお化け屋敷が森の中にうまれると思う？　ずっとそのまま、何十年経っても、成仏も昇天もせずに、森の奥に在り続けると思う？　一家で笑ったりピアノ弾いたりお茶のんだりしながらさ。

楽しいんだよ。楽しいから、そこにいるの」

りら子は、ちらりと桂を見ました。それはほんの一瞬のこと。すぐにまた、前へと向き直りましたけれど、その口元は微笑んでいました。優しい表情で。

でも楽しそうに。

どこか、ユリアのそれに似た口元で。

「ずっと昔に、悲しいことがあって、一度息絶えたとしても。いまのそのひとたちは、そこそこ楽しくて、幸せなんじゃないかな、と、りら子お姉ちゃんは思います」

うたうようにりら子はいいました。

ふと、その目がミラーの方を見ました。

おや、と何かに気づいたようにまばたきすると、親指で、ほら、と桂に指し示しました。

「うしろ。森の方、見てごらん」

その言葉と一緒に、助手席の窓が開きました。りら子が開けてくれたのです。

桂は窓から森を見て、そして、はっとしました。

一足早く薄闇に沈み、夜が訪れようとしているその森に、ひとの気配の無いはずの森に、小さな明かりが灯《とも》っていました。

星の明かりのような、澄んだ光でした。

道に迷うひとに手をさしのべようとするような、闇の中に明かりを灯して、旅人の行く手を照らそうとするような、それはそんな、強くてあたたかな、光だったのです。

静かな声で、りら子がいいました。

「もしかしたら、世界には、あんな光があちこちに灯っているのかも知れないね」

桂はうなずきました。タオルを目元にまた押し当てて。

その光は、もしかしたら、時の流れの中で、忘れられたような存在かも知れません。悲しい最期を遂げた存在かも知れません。――あるいはいまも、そこに在ることを、誰にも気づいてもらえていないこともあるでしょう。

でも、道を行くひとたちの行く手を照らす明かりを灯し続ける見えない手は、きっと、世界のあちらこちらに、ひっそり存在している——いまは幸せな表情で、そこにいるのかも知れない、と、そう思うのは、素敵なことでした。

そして桂はそれが、姉と自分の想像上でのことだけではないだろうということを、知っています。信じています。

森の奥の光は、桂たちの乗ったワゴンが、山道を下りて行く間、ずっと灯っていました。まるで帰り道を見守るように。

桂は窓からその光を見つめ続け、やがて車が街の光の海にのまれて、遠い光が見えなくなったときに、そっと手を振りました。

第二話　夏の川

八月も新暦のお盆を過ぎて、夜になると涼しい風が吹くようになりました。りら子は居間のラタンの長椅子に身を横たえて、うつらうつらしていました。

台所の方から、姉の茉莉亜《まりあ》がお皿を洗っている水音と、鼻歌をうたう声が聞こえます。夕食の後片付け、父の草太郎《そうたろう》さんと弟の桂《けい》もその手伝いに行っているようです。りら子も立ち上がりかけたのですが、眠気に負けて、そのタイミングを逃してしまいました。

通りすがりに桂が、

「お姉ちゃん、食べた後寝たら、牛になるよ」

と笑っていったのですが、そのお尻の辺りに、つま先で軽く蹴りを入れただけで、力尽きるように寝そべっていたのでした。

これも夕食が終わった猫の小雪《こゆき》が、おなかの辺りに飛び上がってきて、丸くなっていました。

「夏ばてしちゃったかなあ」

りら子は目を閉じたまま、呟《つぶや》きました。

今夜の夕食は、冷や麦に茹《ゆ》でた鶏の胸肉、夏野菜のあれこれを煮浸しにしたものに、赤だしに湯葉のお味噌汁が添えてありました。

どれも美味《おい》しかったのですが、りら子は食べている途中でもう眠気が差して、ふらふらと頭を前後させていたのです。

不快な疲れではないのですが、そうちょうど、プールで思い切り泳いだ後に陸に上がったときのような、からだの重さがありました。

祖父の木太郎《もくたろう》さんが、夕刊の番組欄を広げながら、

「りら子はいつも全力投球だからなあ」

と笑いました。「この夏も、店の仕事をたくさんして、勉強もして、友達と遊んだりもしただろう？　映画や舞台、展覧会にも出かけてたよなあ」

りら子は目を閉じたままうなずきました。

「——我ながら、夏に生き急いでる感じはあったかも」

秋になったら、友人たちと旅行に行く、そんな予定もありました。

時間のぎりぎりまで予定を詰め込み、夜明けまで家の仕事を手伝って、そのまま寝ずに友達と海に出かけるというような、そんな無茶をくりかえしました。楽しいからやっているわけですが。

その合間合間に、今後の進路についてあれこれ考えたりもしていたので、少なくとも脳はいつも忙しく思考していた夏でした。

「まあ、若いうちはそれもありですよね」

草太郎さんが、いれたてのコーヒーに砂糖にミルクに、とお盆に載せて持ってきました。

「ホットコーヒー、いかがです?」

木太郎さんが、おお、と声を上げました。

りら子も、小雪に文句をいわれながら寝椅子から下り、ちゃぶ台に寄りかかるようにして、身を起こしました。コーヒーの香ばしい香りが、ふうわりと漂ってきて、少しだけ、ほんとうに少しだけですが、眠気が覚めるような気がしました。

半分目を閉じたまま、熱いコーヒーを口に含んでいると、草太郎さんが、しみじみといいました。

「秋の虫が鳴いてますねえ」

「ああそうだねえ」

木太郎さんが答えました。「いつのまにか、もう秋なんだねえ。――虫の音を聴くと、毎年、何かこう、不思議な気持ちになるよなあ。ほっとするような、懐かしいような、帰ってきた、というような。少し切ないような」

「そうですね。――命の終わりを突きつけられているような気も少しだけ、します。メメントモリですね」

りら子は黙って、湯気を立てるコーヒーをすすっていました。

秋の虫の静かな歌声を聴いていると、同じようなことを思ってしまうのはなぜでしょう？　この家は昔、晩秋に大切な家族を亡くしたから、その記憶が訪れる寒い季節を前に、陰鬱《いんうつ》な気持ちにさせるのかと思ったりした時期もあります。

けれどいまは、この寂しさが、自分たち家族だけのことではないと知っています。

この国や、この国のように秋に虫が鳴き、その声を愛《め》でる文化圏の人間の間では、共有されている寂しさのような気がしました。

（遺伝子が覚えている感じっていうか）

楽しかった夏は終わり、秋が来て、やがて冬——死の季節、凍える季節がまためぐってくるぞと遺伝子レベルでからだが寂しがっているような気がします。

(終わらない夏があればいいのに)

子どもの頃から、それだけを願っていたような気がしました。でも夏にも寿命があるとわかっているから、空に赤とんぼが飛び始めると、夏の臨終を見送るような気持ちになって、涼しい風を迎え入れるのでした。

今年もまた、夏の弔《とむら》いをするのでしょう。

ふと、草太郎さんが訊きました。

「ところで、百鬼夜行《ひゃっきやこう》って、ふたりとも、見たことありますか?」

のほほんとした声でした。

木太郎さんが、新聞をめくりながら、天気の話でもするように、のんびりと答えました。

「妖怪がたくさん集まって、人知れず夜の道を行進していくっていう、あれかい? 残念ながら、まだだなあ。一度は見てみたいような気もするねえ」

「りら子はどうですか？」

またこの父親は変な話を、と思ったので、りら子は聞こえなかったふりをしました。

「実はですねえ……」

草太郎さんは、明るい声でいいました。

「わたしは見たことがあるんです。すごいでしょう？」

「おお、すごいなあ」

素直な声で、木太郎さんがいいました。「わたしも何回か、気配くらいは感じたことはあるんだが、まだ実物は見たことがなくってさ。棺桶《かんおけ》に入る前に一度くらいは、って思ってるんだがねえ。我が子ながら、うらやましいなあ」

別にうらやましくもすごくもない、とりら子が呟いたのが聞こえたのか聞こえなかったのか、草太郎さんは、りら子ににっこり笑いかけました。

「時期的にはいまよりも少し前の、夏の夜だったんですよね。百鬼夜行を見たのは。ねえ、その話聴いてみたくはないですか」

だから別に、とりら子は答えようとしました。りら子が幼い頃から、この父親は、その場で思いついたような怪しい話を子どもたちにするのが好きだったので、またか、と思ったということもあります。

（それにさあ）

そもそも、妖怪だとか宇宙人だとか、この父親が好むようなその手の話からはりら子はとっくの昔に卒業していました。

いや自分自身は花咲《はなさき》家の血を引く者として、謎の異能を受け継いでいて、その力が他の人々からは魔法や奇跡に属するように思われているということは知っています。

知っていますが、元来理系思考で優等生だったりら子としては、自分たちが持つこの力の由来は魔法じみた神話や民話の世界に由来したものではないと思いたいのでした。

何かこう、科学の力で、分析し理解できるような、そんなものであってほしいと。

（でもなあ）

ここ数年、そう割り切れるものでもないという事例と次から次へと出会うもので、りら子は頭を抱えたくなっているのでした。

そうして、いままでとは逆の側に割り切った考え方をするには、りら子はまだまだ若い娘なのでした。――同じ理系の、それも植物学で博士号を持つ父は、そちら側の思考が得意な、妖怪や怪談、宇宙人に超古代文明について夢見るのが得意なおとなのですが。

けれど、父親の丸い眼鏡の奥の眼差《まなざ》しが、妙に優しかったので、その一言を言い損ねました。

そしてその一瞬の間に、弟の桂と姉の茉莉亜のふたりが台所から戻ってきました。

となると、中学生になっても父親の語るお話が大好きな桂と、怪奇小説にホラー映画にと、怖い話愛好家の姉が、父親にその話を聴きたいとせがむに決まっていて――りら子は、肩からため息をつきながら、冷めてきたコーヒーをすすり、仕方なしに父の語る言葉に耳を傾けるのでした。

「昔むかし――いや、そこまで昔のことじゃないですね。ほんの十年ほど前のことです」

草太郎さんは語り始めました。

うちのお得意さんに、菊野弥生《きくのやよい》先生とおっしゃる方がいらしたんだけれど――覚えてるかな？　四国の方からひとりでこの街にいらっしゃって、古いお屋敷に住まわれていた、書道家の。……ええそうです、親戚の娘さんだっていう、若いお嬢さんがその後いらして、それからは二人暮らしになってらした、その方です。いくつになっても品が良い、綺麗なご婦人でしたねえ。親戚の、その若いお嬢さんはほっそりとして、目がくりくりした、笑顔のかわいい娘さんでした。老いて足腰が弱っていった、菊野先生の代わりに、よくお使いに出かけたりしてましたね。若いのにいつも着物姿。それがよく似合ってた。

父さんは庭の手入れに行かれたこともあるでしょう。ええ、そうですよね。茉莉亜も子どもの頃、かわいがってもらっていましたよね。あなたは菊野先生の習字教室に通ってましたものね。

りら子はどうでしたっけ——ああそうか、習字の教室は、菊野先生、お年を召してお具合が悪くなってからは、生徒をとられなくなっていたものねえ。桂はたぶんあの方と出会う機会はなかったんじゃないかな。菊野先生は、たいそう子どもが好きでらしたから、きっと桂と話す機会があれば、かわいがってくださったと思うんですけどね。

菊野先生は、生まれた街で、結婚して子どもを二人育てて、幸せに暮らしてらしたんだけれども、どういう巡り合わせか、家族みんなと死に別れたそうで。親戚とも縁が薄くて、まったくの天涯孤独になられてしまったそうでしてねえ。

失意の底にあったとき、気まぐれで出した、婦人雑誌の随筆のコンクールで一等賞を受賞されて、それをきっかけに、思いつきみたいに、この街に引っ越してらっしゃったんですね。家族がいない場所に一人で暮らすより、気分を変えて知らないところに暮らしてみたかった、っておっしゃってましたねえ。

でもそれでも、真奈姫川《まなひめがわ》のほとり、あの川の、海へと注ぎ込む下流の辺りに住処《すみか》を決めた。ずっと川のそばで暮らしていたから、川から離れられなかったのです、とおっしゃっていましたね。

わたしはたまたま、図書館にあった雑誌で、菊野先生の書かれたその受賞作の随筆を読んで、あまりに美しい文章だったものだから、ファンになってしまいましてね。

そんな話を、図書館の司書さんに何気なく話したら、あらその先生でしたら、いまはこの風早《かざはや》の街にお住まいらしいですよと聞いて。ほら、と出たばかりのタウン誌を見せてもらったんです。

そこにずばり、菊野先生へのインタビューと習字教室の生徒募集の記事が出ていたんですよ。つまり、出会いはまだ、うちの母さんが存命だった頃ですね。茉莉亜がまだ小学生でしたからね。母さんに頼まれて、わたしは、その教室がどんなところか訪ねていったんですから。茉莉亜は子どもの頃、そりゃあワイルドな女の子で、木の枝振り回して走ってた、この辺一のガキ大将でしたからね。おや、桂、信じられませんか？　そうだったんですよ。ほら、茉莉亜もうなずいてるでしょう？

いまの時代、強い女の子なのは大歓迎なんですが、ひととして多少落ち着いてほしいっていうのと、綺麗な字を学んでほしいから、と母さんはいっていましたね。

ほらあのひとは字が下手で、コンプレックスでしたから。でも母さんの、あの丸っこいちまちました字は、キャラクターに良くあっているというか、天使のようにかわいいと父さんは思ってましたけどね。え、のろけるな、って？　仕方ないじゃないですか、母さんは天使なんですから。生前もそしていまもね。

ああまあそれはともかく。父さんは、菊野先生にもお目にかかりたかったですし、その川のほとりのお屋敷を訪ねていったんですよ。

月に二度ある植物園の休園日の、その昼下がりのことでした。あれも夏でしたね。

まだ夏の盛りで、うるさいくらいに蟬《せみ》が鳴いていたなあ。川の水はきらきらと光っていて、街路樹の古い柳の木々の葉は、風の中で踊るように楽しげに揺れていました。

　真奈姫川の流れの中には、小魚の群れが鱗《うろこ》を輝かせていて、これも楽しそうでした。何の魚だろう、すくって食べたら美味しそうだな、なんて思ったことを覚えています。

　風早の街にも昔はかわうそがいて、戦前くらいまでは、目撃されたりもしていたそうですが、毛皮目当てに乱獲されたのと、高度成長期に川が酷《ひど》く汚れたこと、乱暴な河川工事の影響で、いまはもう一匹もいないとされているんですよね。でもねもしかして、かわうそがいまもこの川で生き延びていたとして、あんな小魚たちを見たら、喜んで獲《と》って食べただろうなあ、なんて思いました。

　獺祭《だっさい》、という言葉がありますよね。かわうそたちが獲った魚を岸辺に並べて行く。そのようすがまるで先祖に供物を捧《ささ》げるさまのようだというので、その仕草を獺祭、かわうそのまつり、というそうです。転じて、文章を書くひとびとが、資料の本を周囲に並べている様子を、獺祭というのですけどね。父さんが論文やら短文を書くときにいつもしているあれですね。

　昔、この川にかわうそたちがいた頃は、そんな景色も見られたのかな、と思いました。

彼らがもし、いまも存在していたら、どんなに楽しげな情景が見られただろうな、と。

もういまは毛皮目当てにかわうそを狩るようなひとびともいませんし、魚たちが泳げるほどに、水も綺麗に澄んできました。川に住む生き物たちに被害を与えないように考えた、川岸の管理もできるようになりつつあります。

いま、この時代の日本にかわうそたちがいたら、ひとと一緒に暮らせたのかも知れないな、と、その日思ったことを、父さんはなぜかいまもくっきりと思い出せます。その日の水の煌《きら》めきが、とても美しかったことも。

先生の家、というよりもお屋敷は、何代もいろんなひとびとに住まわれていた、という落ち着いた感じの邸宅でした。

訪問は事前に伝えてありました。立派な門をくぐり、チャイムを鳴らし、木の引き戸を開けると、美しく花が飾られた玄関に、着物姿の先生が、笑顔で出迎えてくださいました。

お香の香りが漂っていました。

時代劇に出てくるお屋敷のように、大きな家でしたね。部屋は一体どれくらいの数あったのか。掃除が良く行き届いた部屋の、その窓も戸も開け放たれていて、涼しい風が吹き抜けていました。当時の日本の夏は、いまみたいに酷暑《こくしょ》ではなかったので、そういうこともできた、ということもあったのでしょうけれど、涼しいお屋敷でしたね。心地よい水音も響いていて。庭に大きな池があったんです。色鮮やかな金魚たちが泳いでいましたね。

つややかな縁側があり、庭には笹《ささ》に縁取られた、大きな池がある。季節ごとにいろんな花が咲き、古い木々は、静かな木陰を作っている――夏だけでなく、いつうかがっても、美しい家であり、庭でした。

あのお屋敷は、先生が地上を去られた後、どうなったんでしょうねえ。真奈姫川の下流の、もうほとんど港に近いあの辺りは、よほどの用がないと行かないところです。わたしはあちらにはすっかり足が向かなくなってしまいました。――父さんもですか？

だからね、思うんです。またあの川沿いのお屋敷に行けば、門をくぐり、チャイムを鳴らせば、お香の香りがする玄関に、和服を着た美しい先生が静かに立っていらっしゃるんじゃないかな、って。お通夜もお葬式も出たものを、不思議なものですね。

ええ、最初はね、茉莉亜を習字の教室に通わせるため、その相談がメインの訪問だったんです。でも、気がつくと、わたし自身が先生の年下の友人のようになり、よく訪問するようになっていたんですよね。

先生から呼ばれて行くことも多かったです。故郷のお友達から美味しいものがたくさん送られてきたので、少しいかがですか、とか。それで、すだちやレモンみたいな柑橘《かんきつ》類をよくいただきましたね。麺類も。小魚からとられた出汁《だし》も。

習字教室の生徒が出入りするとはいえ、なんとはなしにさみしくていらっしゃったのかな、と思いますね。

先生は、実のところ、人間関係にはそう器用な方ではないらしく、積極的なようでもありませんでした。風早の街が好きで好感を持っていながら、どこかで――わたしなんかが、というような、一歩引いた雰囲気があり、この街のひとたちが自分のことを先生扱いすることが面はゆいようでした。

え、わたしはどうして先生と親しくすることができたのか、って？

うーんどうしてなんでしょうねえ。たぶん父さんはほら、少し空気が読めないところがあるから、厚かましく先生に懐いていくことができたのかも知れませんね。わたしはほんとうに、先生の書く随筆が好きだったんです。自然が好きで、生きているものすべてに向ける眼差しがあたたかい。そのふんわりとした優しいあたたかさがとても心地よくて。

空気を読まないわたしが「先生、先生」と慕う。それをきっとあの優しい先生は、苦笑して仕方がないと笑って迎え入れてくれていたのでしょう。

で、いつの間にやら、わたしとの友だちづきあいも楽しいかな、と思えるようになってきたんでしょうね。父さんも先生も活字マニアといっていいほどに本が好きで、それも多読で乱読なたちで、そんなあたりも気があいましたし。植物の話ができたのもよかったんでしょうねえ。

そうそう。先生は理系の学校を出た、動植物に詳しい方でもあったんです。そういうこともあって、わたしと話すことを楽しみにしてくださったんでしょうねえ。

わたしたちが客間で楽しく話していると、お茶を入れてくれたりしながら、にこにこと笑顔を見せてくれたのが、先生の遠縁の娘だという、みぎわちゃんでした。

ほっそりとしたからだに着物姿がよく似合う、黒目がちの目が愛らしいお嬢さんでね。わたしが訪ねていくと、大歓迎してくれました。あまり話す方でもないらしく、ただ笑顔で、麦茶を注《つ》いでくれたり、お菓子を持ってきてくれたりしましたね。いつも何だか小走りで、裸足《はだし》で畳の上を駆けていた、その軽い足音をいまも覚えています。

みぎわちゃんは、習字を習いにやってくる子どもたちにも人気がありました。特に子どもたちをかまってやるわけでもない、面白いことをしてみせるわけでもないのに、みんな彼女に懐いていたんです。

みぎわちゃんも、小さい子たちが自分にまつわりついてくると、嬉《うれ》しそうに身を屈《かが》めて抱いてやって、頭をなでたりしていました。子どもたちを見守る眼差しは、姉のようでもあり、あるいは若い女の子なのに、不思議と母親のように見えることもありましたね。優しく、あたたかい、子どもたちの幸せと未来を見守るような、そんな黒い瞳でした。

みぎわちゃんは、手先が器用で、料理が得意。特に魚料理が得意でした。一度、ご馳走《ちそう》になりましたよ。お刺身が上手でしたね。薄く薄く、切ってくれるのです。お皿の模様が透けるほどに。煮魚と焼き魚は火の加減が難しいそうで、先生が作るのだということでした。コンロと油を使う料理は苦手だといってましたねえ。

みぎわちゃんは、干物を干すのがうまくてね。ほら何回か、うちにもお土産に持って帰ったことがあるのを覚えていないですか？　一年中いつでも、あの家の庭には魚介類が干してあったような気がしますね。小魚や貝柱、海老《えび》の丸干しとか美味しかったですねえ。

みぎわちゃんといえば、不思議なことがありました。ある夜――そう、あれは冬でしたね。植物園の忘年会が、港のそばの三日月《みかづきちょう》町の居酒屋さんであって、二次会でジャズバーに行った後、ひとりになった、その帰り道でのことです。空からちらちらと雪が舞っていましたけれど、お酒をいただいたので、からだがぽかぽかと温かく、父さんはコートの襟を立てただけで、うちまで歩いて帰ろうとしていたんです。

港の方から、真奈姫川の川沿いに、明かりが灯《とも》してある遊歩道があるじゃないですか。クリスマス前でもあるし、いつもならひとがいそうなものですが、その夜は何しろたまに雪がちらついていたのと、平日の深夜だったもので、父さんがひとり歩いているくらい。酔狂な人間は他にいなかったんですねえ。

街灯が川の水に映って綺麗でした。あれは満潮だったのか、それとも満潮に近い水の量だったのか。海に近い川の水は、たぷたぷと石組みの護岸に打ち寄せて、黒く黒く、黒曜石を敷きつめたようでした。

綺麗な夜でした。満月が懸かっていて、雪雲の間からたまに青い光を下界に放っていましてね。するとちらつく雪が、宙で銀灰色に光るのです。厚い灰色の雲の端の方は、まるで瑪瑙《めのう》の断面図か、プリズムを通した光のように、濃淡のある虹色に染まっていました。

街は薄青い色のインクで染められたように、青みがかっていました。そこにたまに雪が舞うのです。風に吹かれる雪は、妖精のようにふわりふわりと夜空に流れて、まったく幻想的な風景でしたねえ。絵本の中に迷いこんだようだと思いました。

父さんは白い息を吐き、震えながら、でも空と街に見とれて、煉瓦《れんが》の遊歩道を歩いていたんですね。辺りにはほんとうに誰もいなかったので、風の音と自分の呼吸の音、それに靴音くらいしか聞こえない、そんな夜でした。もう少し時間が早ければ、街外れのその辺りでも、クリスマスソングや忘年会で騒ぐ人々の声が聞こえてきそうな、そんな時期だったんですけどね。

ふと、水音が聞こえました。

妙に気がかりで、足を止めたのは、尋常でなく大きなものが泳いでいるような、そんな水音に思えたからでした。

ぱしゃぱしゃぱしゃ。

水音はどこか楽しげに続きました。

いるか鯨《くじら》でも、川に迷いこんだのかな。あるいはあしかか、あざらしでも。

そう父さんは思いました。――だとしたら、ようすをうかがって、仲のいい水族館員にでも教えなくてはいけないでしょう。

それにもしかして、その海獣が子どもだったり、怪我《けが》をしていたりしたら――。

父さんは気になって、川の方へと足を運びました。

するとそこに――月の光が降りそそぐ、川面《かわも》に、人魚がいたのです。

小さな丸い頭に、くりくりとした瞳。それが月と街灯の光を受けて、宝石のようにきらめいていました。人魚は黒曜石の色の川で、降る雪にたわむれるようにしながら、ゆらりと水に身を横たえたり、水の中に潜ったりと、ひとりで遊んでいるようでした。

ええ、人魚だと思いました。アンデルセンの人魚姫のお話のように、遠い北の海から来た十五歳の人魚の姫君が、ひとの街の明かりに誘われて、そこに現れたのかと思ったのです。少し離れた港に停泊した外国の客船の明かりが、童話の通りにそこにありましたしね。

わたしは自分の目を疑いながら、その姿をじっと見つめていました。——なぜでしょう。その人魚に見覚えがあるような気がしたのです。懐かしいような。よく知っている誰かがそこにいる、というような。

ええもちろん、父さんは人魚姫にはお友達なんていませんでしたよ。だから不思議でね、川に近づいて、じっと見つめていたんです。

すると、目が合ったんですね。薄暗闇の中の人魚姫は、驚いたように、一度水の中に身を沈めました。

でも少しすると、ふうっと頭を水面《みなも》にもたげました。鼻から上の辺りだけ、ゆらりと川面に浮かべ、そしてそのときにね、笑ったような気がしたのです。

楽しげに。いたずらっぽく。

夜のことですし、距離もありました。でもそのときにね、父さんの目にはその人魚姫の笑顔がたしかに見えたような気がするのです。

夜闇に白い腕が、ひらりとひらめくのが見えました。何かが、父さんの方へと、ぶん、とうなりを立てて飛んできました。

父さんはびっくりして、一瞬飛び退《の》きました。煉瓦の遊歩道の上で、大きな魚が跳ねていました。見事なボラでした。遠くの海を旅してきたような、身が引き締まった美味しそうな冬のボラだったのです。

びちびちと跳ねるボラをやっと捕まえたとき、川の方を見ると、あの人魚姫はもういませんでした。

父さんは脱いだコートにくるんでボラを抱いて歩きながら、自分は一体何を見たのだろうと、悩み続けました。

あれはやはり人魚姫、いやそんなものがこの日本にいるものなのだろうか。幻を見たのでは。ではこの腕の中の彼女からの贈り物らしき、立派な寒ボラは何なのだろう？

ずいぶん生臭い贈り物だけれど、もしかしてこれは、クリスマスの贈り物なのだろうか。いやほら、時期的に。

悩みながら、たまにくしゃみをしながら、父さんはその夜、家に帰りました。——

ほら、覚えてませんか、魚を土産に帰ってきたことがあることを。あれはこういうことだったんです。酔っていましたからね、酒のせいだといわれそうで、そういえば話さなかったかも知れませんね。

あとになって、ああ、あの人魚姫は、みぎわちゃんにどことなく似ていたんだな、と気づきました。だから、初めて会った気がしなくて、だから懐かしかったのかも知れないと。

そしてあれは、夏でしたね。午後の、そろそろ夕暮れが近づいてきた頃、貸してほしいと頼まれていた、古い雑誌を数冊持って、先生のお屋敷を訪れたら、先生が絵手紙を描いていらっしゃったんです。その頃ちょうど流行《はや》っていたんですね。葉書の裏に水彩で絵を描いて、いろんなひとに出すという。あの頃はみんな、特にお年を召したひとたちが、楽しんで水彩画を描いていたものです。

先生はそのとき、葉書の裏に、目がくりくりとして愛らしい茶色い動物を描いてらっしゃいました。毛並みがふわふわとして、背景には空と川、あるいは海のような、水色の流れが描いてありました。動物の口元は、楽しそうにきゅっと上がっていました。

童画のような優しい、懐かしい感じの絵で、素敵だなあ、とわたしは思ったんですよ。

正直いって、その、そんなに上手な絵じゃなかったんです。でもね。絵からはふんわりと優しい風が吹いてくるみたいだったんです。見ていると、知らず笑顔になるような。

「かわいいですね。わんちゃんですか？」

わたしが訊《たず》ねると、先生は少し恥ずかしそうに笑って、

「かわうそなんですよ」

と答えました。「少なくとも、そういうつもりで、描いてみたのです……」

「かわうそ……ああ、かわうそですか」

たしかにその愛らしい生き物は、かわうそといわれればそう見えました。

先生はおかしくてたまらないというように、ころころと笑い、ため息交じりに、

「習字も絵も、筆を使うのは同じだから、描こうと思えば描けるかと思ったんですけどね。なかなか難しいものですね」

部屋の畳の上には、何冊もの絵手紙入門の本が、並べてありました。動物の図鑑もあります。動物の絵の描き方の本も。

「あ、獺祭」

思わずわたしがつぶやくと、先生は目を見開き、その手を打って笑いました。

「ええ、ほんとうにその通り」

そして、ふといいました。

「わたしね、かわうそを見たことがあるんですよ」と。

「だからね、描けると思っちゃったんですよ。だって見たときのことを、いまも鮮明に思い出せるんですもの」

「かわうそですか？」

どこの動物園でだろう、とわたしはのほほんと思いました。こつめかわうそかな、ユーラシアかわうそかな、なんてふうに。

すると、先生は、懐かしそうな表情を浮かべて、静かにいったんです。

「日本かわうそをね、わたし、見たことがあるんです」

「えっ。――絶滅した……んじゃないかと思われているっていう、あの、ですか？」

思わず声が裏返りました。

なぜか、つい声を潜めてしまいました。

「……そうですよ」

先生もなぜか、声を潜めていいました。

背を丸くし、こちらをじっと見つめて、

「――あれは昭和のお話。いまからもう、何年も前の出来事になるんですけどね。法事で久しぶりに故郷に帰ったんです。だいぶ街の様子は変わっていたんですけどね、うちのそばを流れている川の様子は、全然変わっていなくって。変わらずとうとうと流れていたんです。橋の上からね、ひとりで風に吹かれて、川を見下ろしていたんです。海に向かって流れていく、豊かな川を。

若い頃に家族を亡くしたので、ひとりで生きることになれていたはずでした。法事だってね、何回もひとりでこなして、もう法事のプロを名乗りたいくらいでしたよ。笑いながら家族の思い出話だってできるくらいになっていてね。でもね。川の流れを見ているうちに、無性にさみしくなったんです。これから先も、ずっとひとりぼっちなのかな、と思ったらね。

思い出したんですよ。子どもの頃は、この橋を渡って、学校から家に帰っていた。駆け足で帰ると、エプロン姿の母が夕食の準備をしながら待っていて、おかえりなさいといってくれた。戸棚には母が作ったちょっとしたおやつが待っていたりしてね。それを食べて、小さな妹たちと遊んだりしているうちに、ソフト帽をかぶった父が仕事から帰ってきて、わたしと妹たちは父にまつわりついて、学校であった話をしたり、読んだ本や漫画の話をしたり。母はそれをにこにこして見ていてくれて。

結婚してからは、この橋を渡るときは、夕方に市場にお買い物に行くとき、そして帰るときで。かごの中には、新聞紙にくるんだ、目がいきいきとしたお魚に、葱《ねぎ》に白菜に、果物が少し。子どもたちにはキャラメルの箱。

急いで帰ったの。だってみんながお腹《なか》を空《す》かせてじきに帰ってきますから。

でもねえ。時が過ぎて、いまのわたしはこの橋を渡っても、ひとりなんだなあって。ひとりでこの橋を渡って、またひとりの街に帰るんだなあって。家族の元へは帰れないんだなあって。永遠にひとりぼっちなんだって。

川の面に静かに風が吹いて、小魚の群れがきらきらして、きれいでしたね。ええちょうど今日のような、夏の日の午後でした。そろそろ黄昏時《たそがれどき》がやってくる、そんな時間です。

その川にね、泳いでたんですよ……」

「かわうそが、ですか」

「はい。――最初はね、あんまり普通に街中の川にいるものだから、犬が泳いでいるのかと思ったんですよ。いやいや、それにしてはあれは川の真ん中過ぎる、溺《おぼ》れているのかも知れない。ああ大変だ、と思って。

わたしは慌てて、川に向かって下りていったんです。土手の草むらの間に、錆《さ》びた鉄の階段がありましてね。街の人間はそこを下りて、川原を散歩したりしたものです。子どもの頃から良く下りていた階段ですから、草の中に埋もれていても、捜せないなんてことはありませんでした。わたしは草いきれの中を、急いで下りていって。

そしてね、見たんです。川の真ん中辺りで、楽しげに泳いでいた、それが何なのか」

「かわうそ、だったんですね」

「はい」

先生はにっこりとうなずきました。

「もともとわたしの故郷の川には、かわうそがたくさん泳いでいたんですよ。先祖代々、かわうそと暮らしていたような、そんな街でした。わたしが子どもの頃はまだ探せばいたような、そんな生き物だったんです。まさかあのかわうそが、あんなにかわいい、元気な生き物がこの世界からいなくなるなんて、思ったこともありませんでした。

なので、川で泳いでいるそれが懐かしいかわうそだって、わたしには一目でわかったんです。他のどんな生き物でもない。溺れている犬と間違えるなんてとんでもない、ってね。

かわうそはぴいぴいと鳴き声を上げました。小鳥がさえずるような声。聞き間違いのしようがない、懐かしいかわうその声でした。

わたしは嬉しくて、ぎりぎりまで川に近づいて、かわうそを見つめていました。わたしの他には誰も、あのかわうそを見なかったと思います。あれは不思議な時間でしたね。通り過ぎるひとの気配も無く、橋の上を通る車すらなくて、静かで、ただ風が吹きすぎて、草波を揺らしていて。時が止まったような、そんな時間でした。かわうそはご機嫌に鳴きながら、楽しげに水をくぐって遊んでいるようでした。

でもね——ふと、かわうその黒い目が此方《こちら》を向いたとき、わたしは気づいたんです。かわうそが泣いているということに」

「泣いてたんですか、かわうそが」

「ええ」先生はそっとうなずきました。

「こんなこと、おかしいといいますか、自分でもそう思うんですけどね。……たしかにあのとき、かわうそは泣いていたんです。さみしい、さみしい、と泣いていました。丸い目から落ちた涙が、ひげの先で光りました。

わたしはつい、声をかけていたんです。かわうそに。泣いているかわうそに。さみしいならわたしのところにおいでなさい、って。

わたしの家へ、いつでもおいで、って」

くすくす、と先生は楽しそうに笑いました。

「ほんとにねえ、あのときはどうしてそんなことをいってしまったのだか。かわうそはわたしに急に話しかけられて、びっくりしたのかしら。川の水に潜っていって、それっきり水面にはあがってきてくれませんでした」

「それっきり、というと、そのかわうそは……」

「そうですねえ」と先生は遠く懐かしいものを見るような目をしました。

「それっきり、その川では二度と見ることはなかったですね」

「どうしているんでしょう。いまも……」

生きているんでしょうか、と訊きかけて、それをやめました。

もしそれが本物の日本かわうそだったとして、もう生きてはいないような気がします。昭和の時代の話だと、さっき先生はいったのですから。

「さあねえ」

先生はゆるく首を横に振りました。

「日本のどこかで、まだかわうそに会えるのでしょうか？」

「どうでしょうねえ」

自分の描いた絵を見つめながら、先生はふっと微笑《ほほえ》みました。

「絵も練習すれば、書道みたいに、少しずつ上手になるのかしら。あの夕方に会ったかわうその姿を忘れないうちに、書き写しておきたいわ。みぎわも喜ぶでしょうし」

「みぎわちゃんがですか？」

そのとき、驚いたことには、いつのまにかみぎわちゃんが先生の隣にいて、いっしょに絵を眺めていたのです。笑顔で、紙をのぞきこむように、見とれるように。

いつの間に来たのだろう、と、思いました。

足音も気配も、まるで感じなかったのです。


先生とみぎわちゃんは、いつも楽しそうに暮らしていました。遠い親戚の娘さんだという話でしたが、いっそ姉妹か親子のように、いつも一緒にいたのです。

そうしてふたりは、書道教室に集まる子どもたちを、まるで自分たちの親戚の小さい子どもの世話でもするように、かわいがっていたのでした。

週に一度のその日、静かに字を書いた後は、ご褒美のように飲み物とおやつの時間がありました。

寒い時期には甘酒やココアをいれてやり、暑い時期には冷たい麦茶。冷やし飴。それにあられやおかき。おせんべいにあんパンにクッキーと、楽しげなおやつの時間の間、子どもたちはいままで黙っていた分、何事か話さずにはいられないというように、雀《すずめ》の雛《ひな》のように喋るのでした。

いつもそれくらいの時間に、親たちは我が子を迎えに行きます。そういうわけで、父さんも、そのときの子どもたちの、さえずるような声の響きを何回も聴きましたし、みんなを見守る先生とみぎわちゃんの、まるで雛に食べ物を運ぶ親鳥たちのような、楽しげな様子を、いまも覚えています。

あれはほんとうに優しい瞳でしたね。おだやかな、そう仏様が人間の子どもを見るとしたら、こんな目になるのかな、というような、そんな穏やかなまなざしでした。

でも、そんな日々はずっとは続かなかったんですね。

自然の流れには逆らえないというように、菊野先生は年老いてゆき、ある春に寝込みました。風邪をこじらせただけのように見えたんですけどね。春が終わり、夏の足音が聞こえ始めた頃には起きあがれなくなり、夏のさかりに、ふうっと命の火がかき消えるように、魂が地上を離れてしまいました。

みぎわちゃんは生前は、先生のお世話をかいがいしく焼き、亡くなってからは、先生の亡骸《なきがら》のそばにずっと従っていました。

お休みになっているご遺体のそばに、正座をして身を屈めて、ただじっと目を開けない先生を見ている――その様子が哀れでね。わたしたち習字教室に子どもを通わせていた保護者たちで、お葬式をあげたのでした。

その保護者の集まりのうち、父さんが一番先生とやりとりが多かったので、必然的に責任者みたいになりましてね。

お葬式が終わった後も、わたしひとりお屋敷に残って、世話を焼いていたんです。ひとひとり送ったあとはすることもいろいろありますからね。

いまも忘れません。その夜はね、年に一度の、明かりを落としてみんなで夜空を見る、そのイベントの夜でした。

街の明かりが明るすぎて、星空はほとんど見えないでしょう？　だからその夜だけはなるべくみんなで電気を消そうと。いまもあのイベント、続いていますよね。夏休み中の、天体観測。子どもたちの宿題、絵日記や自由研究に使えるように。そんなイベントでした。

空には普段は見えないような、天の川もくっきりと見えて、ああこの空を、先生は昇っていったんだなあとしみじみと思ったことでした。天上の世界で、そのひとは若くして別れた家族たちと巡り会えただろうか、と思いました。いつも笑顔でしたが、それでもたまに、ふとさみしげな眼差しをすることもあったひとでした。もうあんな表情になることもなく、安らかな眠りにつかれたのかな、と、父さんは思ったものです。それならば、そのひとの人生の終わりは、けっしてさみしいものでも残酷なものでもなく、あたかも競走が一度、ゴールに辿《たど》り着いたようなもの。家族たちが笑顔で迎えてくれたのなら、地上に残されたわたしたちは、嘆くこともあるまい、などと思ったりもしました。

先生はいずれ自分がみまかるということも、きっちりと覚悟ができていたのでしょう。葬式の算段も入る墓地のことも、自分が亡くなった後の家屋敷のことも、みんな決めてあったようで、乱れひとつない筆の字で書かれた手紙を、みぎわちゃんが預かっていたのでした。

家屋敷は、みぎわちゃんに、とのことでした。ささやかに蓄えてきたすべての財産も、彼女に、と記されていました。彼女もだいぶここでの暮らしに慣れたと思うので、このままこの地で暮らすのもいいと思う、とありました。

ほんとうは自分がいつまでもそばにいてあげたかったけれど、先にいかなくてはいけないようなので、せめてお金と家屋敷は残そう、と。

「家族のように、群れの仲間のように暮らしたわたしたちですので」

と、手紙にありました。

群れの仲間、とは不思議な表現だなあ、さすが随筆を書く方だ、などと思ったことを覚えています。


ところがですね。みぎわちゃんは、その家屋敷を継ぐことはなかったのです。

告別式のその夜に、街から姿を消したからでした。そうです、その星が綺麗な夜に。

最後まで屋敷に残ったわたしが、みぎわちゃんを心配しつつ、また明日来るからね、と、いって帰ろうとしたときに、彼女はいったのです。――ええそれは、初めてのように、彼女と長く交わした会話でした。

不思議な訛《なま》りとイントネーションのある言葉で、みぎわちゃんはいいました。

自分もまた、旅立とうと思う、と。たどたどしい、子どものようないい方で。

実は自分の命はとうに尽きていたのだ、ともいいました。遺骨の置いてある、白い祭壇のある部屋で。その前の座布団に正座をして。

静かにお香の香りが漂っていました。

「……仲間たちの行ったところに、行かなくてはと思っていたのですが、この方が呼んだので、訪ねてきました。そのまま長くここで暮らし、にぎやかで、楽しくて、良かったです」

みぎわちゃんは、にっこりと笑いました。

つう、と涙を両方の頰に流して。

「楽しくて、良かったです」

でももう参ります、とみぎわちゃんは笑顔のままでいいました。そして座布団の上で立ち上がると、不思議なことに、まとっていた着物がそのままはらりと脱げました。そしてみぎわちゃんは、白い裸身のままで、庭へと続くガラス戸をからりと開けました。

そうして、つややかな縁側をつま先で蹴るようにすると、そのまま夜空へと舞い上がり、すうっと夜風に吹かれたように、消えてしまったのです。

わたしは驚いて、靴下のまま、庭へと下りました。

すると——。

ちかちかと光る一面の星空に向かって、ゆらゆらと宙に浮かび、行進してゆく、不思議なあやかしの群れが見えたのです。

器物に手足がはえて、魔物になったものや、化け猫や、幽霊や。

そして、列の一番後ろには、ほっそりとした姿のかわうそが一匹いて、二本足で立ちながら、夜空を舞う行進に加わっていたのでした。

空には天の川がくっきりと見えていました。

その川を目指すように、あやかしたちの群れは練り歩き、夜空を蛇行するかのように、ふうわりふうわりと列を作り。

そしていつか、夜空から消えていったのでした。


「いまもね、不思議な気持ちはするんですよ」

草太郎さんはいいました。

「かわうそがはるばるこの街を目指して、旅してくるなんてことはあるのかな、と。そのままひととしてひとと一緒に暮らすなんてことはあるのかな、と。

彼女が去った後の縁側には、見たことのない獣の、茶色い毛が一房、落ちていました。

いつも掃除が行き届いていた古い屋敷の、それが初めて見た、小さな綻びだったのです」

りら子は、黙って草太郎さんの話を聞いていました。

他の家族も。特に弟の桂は目に涙を浮かべていました。

姉の茉莉亜も、祖父の木太郎さんもただ柔和に微笑んでいます。

りら子は、一度動画サイトで見たことがある、昭和の時代に撮影されたという、かわうその姿を思い出していました。

一匹だけで川を泳いでいる日本かわうその姿です。

楽しそうに川にいたあのかわうそは、どんな最期を遂げたのだろうと、いつも思っていました。折に触れ、思い出しては、考えていました。

家族も仲間もみんないなくなって、ひとりきりで何を思って暮らしていたのかな、と。

でももしかして、空の彼方《かなた》で、天の川の果てで、その魂は懐かしいものたちと巡り会えたのかな、と——そんなことをぼんやりと考えたのでした。

星の海で、天の川で、にぎやかに、泳いでいるのだろうかと。小鳥のような声でさえずりながら。

どこからともなく、すうっと秋の気配を漂わせた風が吹きすぎてゆきました。ひんやりとした風は、かすかにお香の香りをさせ、潮と水の香りもさせながら、どこも知らない世界へと吹きすぎていったのでした。

第三話　火車

千草苑《せんそうえん》も、その中にあるカフェ千草《ちぐさ》も、ハロウィンの飾りに彩《いろど》られた、十月のある日、その晴れた午後のことでした。

木太郎《もくたろう》さんは店頭に立ち、お客様に頼まれた花束を、丹念に仕上げていました。病気の方への、お見舞いの花束です。

今日もショーケースにはいっぱいに新鮮な切り花たちが並び、ひとの耳には聞こえない声で、ご機嫌な歌をうたっています。

『お見舞いに行くの？』

『病気なの？　まあ、かわいそう』

『かわいそう』

『元気づけてあげなきゃね』

いつもガラスの冷蔵庫に入っている、いわば花屋の常連の、さまざまな色彩や形の薔薇《ばら》やトルコ桔梗《ききょう》、蝶《ちょう》が舞うような形の花の洋蘭《ようらん》に、愛らしいかすみ草。秋なので、菊に蔓梅擬《つるうめもどき》、女郎花《おみなえし》や吾亦紅《われもこう》、なんて落ち着いた色彩の花たちもありました。ススキの親玉のような、パンパスグラスも、ふさふさと花穂を茂らせています。

『わたしみたいに綺麗《きれい》なお花で花束を作れば、きっとすぐにでも元気になると思うわ』

『いいえいいえ、ここはわたくしですよ』

『いや、俺の方が』

自分を選んでほしいという熱い視線がガラス越しに寄せられてくるので、多少困りながら、木太郎さんは花を選んだのでした。

（お見舞いの花束、ねえ。ふむ）

（それもおじいさん、わたしくらいの年齢のひとで）

（知的でセンスが良い感じでお願いします、というご依頼だったなあ）

花束を贈る相手は、皆川《みなかわ》さん、という方でした。皆川努《つとむ》さん。ひとり暮らしのおじいさんだそうです。仕事は菓子職人。ケーキ屋さんだと聞きました。

駅前の古い居酒屋の、その常連たちが、同じく常連のそのひとのために、と、声を掛け合って贈るお花でした。代表だという若い会社員が、昼休みにお昼をとるついでに千草苑に寄って、花と配達を注文していったのです。

風邪をこじらせたらしく、珍しく店も休んでいるというそのひとの誕生日が、ちょうど近いらしいと覚えていたひとがいたそうで、それも兼ねて、みんなでお花を贈ろうという話になったとか。居酒屋の店長が毎年年賀状を交換しているとかで、住所と電話番号はわかっているから、と、サプライズの花束の計画が立ったらしいのでした。

「ここのところ、元気がなかったんですよ」

若い会社員はため息交じりにいいました。

「何か気が滅入《めい》ることでもあったみたいに、顔色が良くなかったんです。でもみんながそれとなく気遣っても、訳を話すわけでもないし。

皆川さん、いつも優しいひとなんですよ。店でね、さみしそうなひとがいると、黙って話を聞いてくれて、励ましてくれたりとか。なんかこう、みんなの兄貴や親父《おやじ》、おじいちゃんみたいな、そんなひとなんですよ。

だけど、皆川さん自身は、自分からみんなに悩み事をいったり、愚痴《ぐち》ったりすることはないんです。宮沢賢治《みやざわけんじ》みたいだなあ、なんて、みんな陰でいってるんですよ。ほら、『雨ニモマケズ』みたいな。——どうも、家族がいたことはあったらしいんですよ。でもいまはひとりなんです。奥さんとは若い頃に離婚をしたとかしないとか逃げられた、とか。子どももいるような話を聞いたことがある、という仲間もいるんですが、いや、その子は昔死んだと聞いたよ、といってるひともいて。

たしかなのは、いまの皆川さんがひとりきりで暮らしてるってことなんです。

でね、みんなで話し合ったんですよ。皆川さんが悩み事があるとして、それだけなんです。思うならみんなで聴こう、でも、話したくないのなら、黙っていようね、と。でも何もしないのは寂しいから、せめてお見舞いの花でも贈ろうか、と。それくらいなら許されるんじゃないか、って」

皆川さん、とても植物が好きなひとなんですよ、と、若者は微笑《ほほえ》みました。

（いい話だなあ）

自分と同世代というそのひとに贈る花束。どうしたってじんとしてしまいます。贈られるひとも、どんな事情でいまひとり暮らしなのかは知りませんが、いい友人たちがいてよかったねえ、と木太郎さんは思いました。

（わたしと同じくらいの年格好だというのなら、普通に家族とは死に別れたのかもしれないな……）

そう思うと、口元が寂しい笑みを浮かべました。なんとなれば木太郎さん自身も、連れ合いと義理の娘を失っているわけですから。

会ったことがないその「皆川さん」に、仲間のような思いをつい抱《いだ》きました。

さてさて。どんな花束にすればいいものか。

木太郎さんは腕を組みました。

自宅への配達をご希望、ということでしたが、病気のお見舞いでしたら、やはり病院への花束と同じで、香りの強い花や何らかのアレルギーを起こしそうな要素のある花たちは避《さ》けた方がいいでしょう。

ふとかすみ草が目に入りました。

ふんわりと鳥の翼のように広がる白い小花の群れは、今朝市場で仕入れたばかりのもの。大きな声で木太郎さんに呼びかけていたわけではなく、むしろ花そのものの雰囲気で冷蔵庫の中に静かに佇《たたず》んでいたのでした。

「わたしたちの年代だとかすみ草が好きな男は多いからな。かすみ草メインで、可憐《かれん》さがひきたつように花を選んでみるのもいいか」

かすみ草は、花の持ちも良いのです。働く男性のひとり暮らしだというのなら、手入れが楽だという意味でもちょうどいいのかも知れません。

木太郎さんは、かすみ草を腕に抱えて、冷蔵庫から出しました。シックな色彩の、小さな赤い薔薇たちを摑《つか》んで出します。ダリアに小菊。赤い薔薇の実。木太郎さんは、作業をするための大きなテーブルに並べました。

軽く目を閉じて、できあがった花束の姿を思い浮かべます。白い鳥の羽に、秋の色の花たちが優しく抱かれているような花束はどうだろう、とぼんやりと考えました。

木太郎さんはいつも、花束を作るとき、それをもらう相手の方がどんな表情で花束を受け取るのか、そしてその花を最終的にどんな部屋に飾るのか、そこまで想像します。

今回は、依頼してくださったお客様の言葉から、癒やされるような優しい雰囲気でありながら、書斎にあると似合うような、知的で洒落《しゃれ》た花束にしてみようかと思いました。

（その書斎は、たとえばこんな部屋だ）

昭和の時代に買った、大きな古いステレオ（使い込まれていて、いまもいい音で鳴るのです）があり、本（大切に何度も読まれていたような）がたくさん並んでいる本棚があり、骨董品《こっとうひん》のようなテーブルの上には使い込まれた外国製の万年筆が数本と、これも外国製のインクの瓶が置いてあるような。そんな情景に似合うような、洒落た花束になりました。

選ばれまとめられた花たちも、嬉しげに、そして得意そうに、静かにうたいました。

「じゃあちょっと配達に行ってくるよ」

木太郎さんは、店にいる家族たちに声をかけ、白い鳥の翼のような花束を大切に抱えると、店を出たのでした。

お客様が書き残した先方の住所からして、歩きでも行けそうな距離だと思いました。というよりも、何回か用があって訪ねたことがある辺りのような気がします。

先祖代々この地に住んでいる上に、花の配達や庭の手入れのために、子どもの頃から、風早《かざはや》の街を歩いてきました。今更地図など要りません。駅のそばにある、いまは古くなってしまった、新興住宅地の辺りの番地だと思いました。

ガラスのドアを開けて、煉瓦《れんが》敷きの歩道に足を踏み出すと、午後の日差しが静かに降りそそぎ、街路樹の銀杏《いちょう》や南京櫨《なんきんはぜ》が、はらはらと紅葉した葉を空から散らしました。通りを行き交うひとびとは、何かしら楽しげで、とても穏やかな、十月の情景でした。

風早駅のそばの、学校や役所、図書館に公園が近くにある、その住宅地の辺りは、昭和の時代には、それは賑《にぎ》わっていたものだと木太郎さんは記憶しています。いつそばを通っても、公園の遊具で子どもたちが声を上げて遊び、走り回っていました。買い物帰りのお母さんがかごいっぱいに野菜やフランスパンなどを詰め込んで、道ばたで話し込んだり、小さな子を連れて家に帰るところだったりするのもよく見かけました。

平成のいまでは、すっかり落ち着いた街になってしまいました。当時子育てをしていた住人たちは年老い、子どもたちは巣立ってしまいました。

庭ばかりが美しい、どこか色あせてしまったような家でひっそりと空になった巣を守るように、ひとびとは暮らしているのでした。

新興住宅地は、間に細い川と川原、暗渠《あんきょ》をはさんで、左右に分かれています。

メモに記された番地は、コンクリートの橋を渡った向こうにありました。

「おや」

目的の所番地の、そのそばに、古く小さなケーキ店がありました。お店のひとが植物を好きなのか、綺麗な蔦《つた》や蔓薔薇が、美しく茂り、建物を包み込むようにして、葉や花を輝かせていました。

それ自体がケーキのように見える、白く塗られた木造の店に、ペパーミントグリーンに塗られた木の看板が掛かっています。ピンク色の文字で書かれている店の名は――。

『エンジェル・フード』

いまはお休みしているのか、ガラスのドアの向こうにはレースのカーテンがかかったままになっています。ひとの気配もありません。

店を取り巻く植物たちも、何とはなしに物憂げで、うたた寝をしているように静かでした。

「おや、皆川さんの店というのは、もしかして、こちらのお店なのかな?」

このケーキ店だったら、木太郎さんは、以前来たことがありました。

『エンジェル・フード』のケーキは、美味しいと評判だそうで、たまたまお客様からそう聞いた木太郎さんは、孫たちへのお土産にと、この店を捜したのでした。同じ新興住宅地でも、こちら側にはなかなか来る機会がなく、そのときはたまたま、気まぐれに足が向いたのだったと思います。

茉莉亜《まりあ》の好きなレアチーズケーキ、りら子の好きなレモンタルト、そして桂《けい》の好きなチョコレートケーキ。自分と息子、それに仏様にはシュークリームとエクレアを買って、宝もののように紙の箱を提げて帰ったときのことを、木太郎さんは思い出しました。

ひとつひとつのケーキが、まるで特別に作られた贈り物のような、箱を開けて食べる家族の目が輝くのを楽しみにしているような、それはそんな思いがこもった美しいケーキでした。

木太郎さん自身、花束を作り、庭を造る仕事をしていますので、わかるのです。そこに込められた、職人の想いが。

「ああ、あれはほんとうに美味しい洋菓子だった。一流のケーキでシュークリームだ

った なあ」

そう思った途端に、鼻先にふわりと甘い香りが漂い、目にはパティシエの白い服を身につけた店主の、笑顔が見えるようでした。

優しくて、どこか懐かしいような眼差《まなざ》しの、それはそんなひとだったのです。

(それにしても)

もしあのパティシエが、今日木太郎さんが花束を配達する、その相手の方だったとしたら――何だか違和感がありました。

優しい瞳のそのひとは、いかにも善き祖父であり、若い日は善き父親であったろうとそう思わせるような、そんなあたたかな雰囲気の持ち主だったのです。

その日、たまたま先にショーケースをのぞきこんでいた、小さな女の子を連れた親子。その幼子の舌足らずな言葉に耳を傾け、姫君の言葉を宝もののごとく受け取る従者のように、笑顔で聴いていた、あの店主がひとり暮らしだというのは不思議なことのように思えました。

その家は、ケーキ店のすぐ近くにありました。庭を突っ切って少しだけ路地を行けば、店の裏側に出ることができそうな、それほどの近所です。路地のアスファルトや石畳の間にはえた雑草や、周囲の家々の庭に茂る草花や木々が、緑のリボンをかけたように、辺りの家々や庭をつないでいました。野良猫たちが数匹、ひょっこりと顔を出すのと目が合いました。なるほど、こういう街並みならば、家のない猫たちも暮らしやすいだろうと木太郎さんは思いました。

通りの端に誰が置いたものか、見るからに猫のためのものだと思われる、食器と水の器がありました。食器は綺麗に洗われていて、水の器にはなみなみと水が注がれていました。誰かが大切に世話をしているのでしょう。

そういえば、さっき見た野良猫たちの耳には小さな切れ込みが入っていて、あれはいわゆる「桜猫」、地域猫として大切に飼われている猫の印だと木太郎さんは思い返しました。穏やかに猫たちがかわいがられている街なのでしょう。

周囲の家々と同じように、昭和の時代に建てられたであろうその家は、年月を経て、静かに落ち着いたたたずまいを見せていました。

空気の入れ換えでもしているのでしょうか。玄関の開き戸は、猫が出入りできる程度の細さに、薄く開けられたままになっていました。

白いかすみ草の花束を片腕に抱き、チャイムを鳴らそうとして、木太郎さんはしばし考えました。

(もし、いまお休みになっていたらまずいなあ。いくらお見舞いの花束とはいえ、これで起こすことになってしまったら悪いなあ)

一応は、チャイムを鳴らしてみようと思いました。もし反応がなければ、近所の方に託すのも良いかも知れません。この辺りの住宅地はかつてここに移住してきた家庭同士、長くつきあっていると木太郎さんは知っています。近くの家々は、玄関の前に三輪車が置いてあったり、庭に洗濯物が干してあったりして、楽しげに暮らしているように見えました。家のぐるりに花を飾ったりしている家ばかりで、彼らにそっと尋ねてみると、大丈夫、うちのひとたちはみんな優しいから、おじいさんの花束を頼んでも、快く預かってくれると思うよ、と、朗《ほが》らかな声が返ってきました。

よしよし、と木太郎さんはうなずきました。

開き戸に近づいたそのとき、おや、と木太郎さんが眉をひそめたのは、きちんと片付いているように見えたその家の、表玄関の、陰になった辺りにごみがいくつもたまっていたからでした。新しい物ではなく、雨ざらしになってそのまま放って置かれていたような、そんな古びたごみだったのです。

よくよく見ると、扉の隙間《すきま》には埃《ほこり》が白くたまり、扉に嵌《は》め込まれた磨《す》りガラスはうっすらと汚れているようです。まるで長いことひとが住んでいない家のような、そんなくたびれた気配が漂っているのでした。

皆川さんは病人だということなので、そのせいであれこれおろそかになっているのかも、と思わなくもありません。でもそれにしても、と木太郎さんは思いました。昨日今日とかここ数日、家の手入れができなかった、そんな感じではなかったのでした。たとえばそれは、もう長いこと、生活すること、生きていくことに興味をなくしたひとの住処《すみか》のように見え、思えたのです。

怪訝《けげん》に思ったのは、ケーキ店の方にはそんな気配は微塵《みじん》もなく、休業はしているものの、店のまわりは美しく整っていたからでした。

なのにこの家を取り巻いている蔦やかずらたちも、伸び放題のほったらかし、葉には泥や汚れが積もっている、という感じで、悪くいうと、その家は廃墟《はいきょ》のようにさえ見えたのです。

(廃墟、というか――）

墓所のようだな、とふと思ったのはなぜだったでしょう。家を覆う植物たちが、みな沈黙して、うなだれているように見えたからかも知れない、と木太郎さんは思いました。

まるで喪に服している、そんな表情で植物たちがそこにいるように、思えたのです。深い悲しみに包まれているような。誰か大切なひとの、そうおそらくはこの家に住まうひとの哀《かな》しみに、静かに寄り添っているような。

チャイムを押して、ややあって、家の中で誰かが「はい」と応える声がして、静かに足音がこちらへと近づいてきました。

細く開いた扉の向こうに、人影が近づいてくるのが見えました。やがて扉が軋《きし》むような音を立てて開きました。木太郎さんの腕にある花束を、不思議そうな目で見ていました。

寝間着姿で、やつれた表情ではありますが、そこにいるのはたしかに以前、ケーキ店『エンジェル・フード』で見た、店主のように思えました。――木太郎さんは何しろ接客業の家に生まれつき、店に立って長いので、ひとの顔を覚えることについては自信がありました。

「こんにちは。駅前商店街の千草苑でございます。本日はお友達の皆様から、お見舞いの花束の配達をとご依頼いただきまして」

居酒屋の名前を挙げると、皆川さんは氷が溶けるように柔らかな笑みを浮かべました。

「ああ、それは嬉しいことです。ありがたいなあ」

扉を広く開けて、木太郎さんを招き入れ、大切そうに花束を受け取ろうとして、そしてそのひとは、ふいにしゃがみこむようにしてその場にうずくまりました。

「あれ、困ったなあ」

笑いでごまかすようにする皆川さんを、木太郎さんは思わず支え、その腕の細さと、体温の熱さに驚きました。かなりの高熱です。

「いやあすみません、お恥ずかしい」

と、皆川さんは照れくさそうにいいました。

「すっかり年をとっちゃったというか」

立ち上がろうとしても、足に力が入らないようでした。

年のせい、などという様子ではないと木太郎さんには見て取れました。花咲家《はなさき》の魔法の力と関連することなのでしょうけれど、木太郎さんには緑や生き物たちの持つ、生気の良し悪《あ》しがひとめでわかる能力があります。

この木はもう手入れをしても生き返ることがない——たまに樹医《じゅい》の仕事をしているときに、悲しい予感がふと閃《ひらめ》くことがあるのですが、いま木太郎さんは目の前にいる皆川さんに、それと近いような不吉な直感を抱いていました。

うずくまるそのひとは、自分と同世代のそのひとは、まるで幹の中が空洞で、悪い虫に食い尽くされている、そんな状態の大きな木のように見えたのです。見た目はまだ地上に立ってはいても、もう木としての寿命は尽きている、そんな古い木のように。

木太郎さんは、花束を上がりがまちに置くと、皆川さんに手をさしのべ、肩を貸すようにして、立ち上がらせました。目を上げたとき、廊下の向こうの、開いたままの襖《ふすま》の向こうに、布団がちらりと見えました。

「あちらまでお連れしましょうか?」

訊《なず》ねながら、もう靴を脱いでいました。

皆川さんは一瞬、遠慮しようとしたようでしたが、もはやそれだけの余裕もなかったようで、申し訳ございません、と、木太郎さんに寄りかかるようにしました。男同士、放っておけないと思ったのは、ひとり暮らしだと聞いていたからでした。同年代の気安さも働きました。――それと、靴箱の上に飾ってある写真を見てしまったからかも知れませんでした。

靴箱の上にはうっすらと埃が積もっていたのに、その白い陶器でできた写真立ては、つやつやと光っていました。中に入っているのは古い写真。天使のように愛らしい幼い女の子の、はにかむような笑顔の写真でした。

古く色褪《いろあ》せたその写真の笑顔の、目元と表情が、皆川さんによく似ていました。

ああ死んだ子の写真だ、と、そのとき木太郎さんは直感してしまったのでした。

（皆川さんの孫――いや、おそらくは昔に亡くなった、子どもの写真なんだろう）

埃まみれの靴箱の上に置かれながら、その写真が入った写真立ては、何度も手にとられ、眺められていたというその証拠のように、美しく、埃ひとつないような状態で置かれていたのでした。写真が色褪せていなければ、古い写真だとは思わないような、そんな有様で。

「散らかった家で、ほんとうにお恥ずかしい」

布団に寝かせてあげると、皆川さんは恐縮して、そういいました。ほとんど骨だけのようなその細い体の軽さに、木太郎さんは、胸を衝かれました。枯れ木のような外見は、そのまま枯れ木のような命を表しているのだと気づいてしまったから。

実際そのひとは目を伏せたまま、でも穏やかな笑みを浮かべて、いいました。

「実はわたしは、もうあまり先が長くないんです。——ええ、ずっと前からわかっていましたので、もういいんです、それで」

ふうっと優しい微笑みを浮かべました。

それはもう、なかばこの世から離れているひとのもののような笑顔、仙人のそれのような、清らかで陰のない笑顔だったのでした。

「このことは、花束を贈ってくれた彼にはいわないようにしてくださいね。よければ元気でいたと伝えていただけましたら。そのうちにまたお店に顔を出すといっていたと。

高価な花束は嬉しいですが、そのう、いつもいただくわけにはいきません。みなさんけっして、暮らしが楽な訳ではなさそうなんです。いまみたいな世の中ですからね」

そういって、その言葉を木太郎さんにいったことを詫《わ》びるように、頭を下げました。

木太郎さんはにっこりと笑いました。

「大丈夫ですよ。良い感じにお伝えしておきましょう」

木太郎さんは知っています。このひとが浮かべたような清らかな笑みは、果てしがないほどに思われる長い苦しみのあと、流し続けた涙で洗われて、初めてできるものなのだと。

そう、木太郎さん自身も、同世代の男として、きっとこのひとのそれには及ばないまでも、同じような笑みを浮かべることができるから、知っているのでした。

笑顔の裏の、涙の味も。

玄関から花束を持ってくると、皆川さんは、目にうっすらと涙をためました。ありがとう、と口の中でつぶやく声が聞こえました。

その優しい瞳が、ふうっと見開かれました。

「ああ、かすみ草がとても綺麗ですね。この花はねえ、娘がとても好きだったんですよ」

懐かしそうに、目を細めていいました。

「いつも、天使の花みたいね、っていっていました。お空の上の天国には、きっと、この花がいっぱい咲いているのね、って。

我が子ながら、天使のようだ、と思っていました。遅く生まれた子でしたからね、ほんとうにかわいくて。愛らしくて」

二階建てのこの家の、布団が敷かれたその部屋だけで皆川さんは寝起きして暮らしているのか、布団のそばにはちゃぶ台があり、カップ麺がいくつかと小さなポットが載せられていました。壁にはハンガーが掛けてあり、洋服が吊《つる》されたままになっていました。カーテンは閉められたままになっていて、部屋の中は薄暗く、空気がこもっていました。

古いブラウン管のテレビがあります。その上にも画面にも埃が積もっているところを見ると、長いこと電源を入れたことがないのかも知れないな、と木太郎さんは思いました。

皆川さんは、ではこの部屋にいるときは、誰の声もない世界で生きているのかな、とも思いました。

木太郎さんは、花瓶の在処を尋ね、花束をそれに生けました。皆川さんは喜んで、布団の中から、花たちを笑顔で見ていました。

白地に赤の有田焼《ありたやき》の花瓶は、布団のそばに置かれていた、古い小さなちゃぶ台に載せました。そこにも女の子の写真が飾られていたので、白い花束は女の子に供えた花のようにも見え、皆川さん自身もむしろ、その様子を目を細めて嬉しそうに見ているようにも見えたのでした。

愛らしい写真立てに入れられたその写真は、玄関にあった写真と同じ笑顔、同じ年格好の姿の写真だと思いました。

この子はこの年齢までしか、この世にいられなかったのだろうかと、木太郎さんは思いました。天使のような純粋な笑顔のまま、天へ昇っていってしまったのでしょうか。

それは一体どのような理由によるものなのか。ふと気になりましたけれど、木太郎さんはもちろん、それを訊ねようとはしませんでした。家族を亡くした痛みも傷も、木太郎さん自身が、ずっと抱えていたからでした。

だからただ黙って、せめて邪魔でない程度に、皆川さんのためになることを少しだけして帰ろうと、木太郎さんは思ったのです。

（この方のところへ、花束を配達に来たのも、何かの縁だろうしなあ……）

その縁があって良かった、と、木太郎さんは静かに思いました。

花束を生けた、その花瓶は、皆川さんが思い出してくれたとおりに、書斎にありました。

ちょうど木太郎さんが想像したとおりの立派な書斎がこの家の二階にはあって、けれどほったらかしになっていました。埃だらけの机の上に置かれたままになっていた見事な有田焼の花瓶を、木太郎さんは抱き上げて、流しで丁寧に埃を落とし、花を生けたのでした。

台所はきちんと清潔に片付いてはいましたが、およそ生活感のない殺風景な場所でした。たぶん必要なとき以外は使っていないのだろうな、と思いました。

（さみしいなあ）

どうしても自分の家の、子どもや孫たちとわいわい暮らしている様子と比べてしまいます。台所なんて、いつも誰かがいて、飲み物を入れたり何か作ったり、テーブルの前の椅子に腰をかけて、話し込んだり、たまには喧嘩《けんか》をしたりしている場所なのです。

この家の台所にもテーブルはありましたけれど、そこにも埃が積もっていて、長いこと使われたことがないようなのでした。食器棚の中には、おとなのものがふたり分と小さい子のための茶碗《ちゃわん》が並んでいるのが見えました。そのまま長いこと、扉を開けず、炊きたてのごはんをよそってもらうこともなかったような――時が止まったような情景でした。

時が止まった、といえば、書斎の隣には、ドアノブにかわいいぬいぐるみが飾られた、見るからに幼い女の子の部屋だと思われる部屋がありました。閉ざされた扉の向こうにはしんとして誰の気配もありません。その部屋の主《あるじ》は、写真の中の笑顔の女の子だったのだろうかと木太郎さんは思いました。

それではと帰ろうとしたとき、皆川さんが、布団から身を起こすようにしながら、いいました。

「今日はどうもありがとうございました。綺麗なお花を配達していただけただけでなく、花瓶に生けてまでいただけて、ほんとうにありがたかったです」

深く頭を下げて、言葉を続けました。

「居酒屋の若い友達に、伝言までお願いできそうで、心からほっとしました。もうね、体力と命の残り時間を考えますと、自分自身でできることには限りがありますので」

「いえいえ」木太郎さんは頭を下げました。鼻の奥がつんとしていました。生涯でたったの二度しか会ったことのないはずのひとなのに、昔から知っている友人のような、そんな気持ちになっていました。

そんなことをつい手短に話すと、皆川さんも笑って、答えました。

「実はね、わたしも同じことを思っていたんです。何かこう、千草苑さんには、久しぶりに会った昔のクラスメートのような、そんな懐かしさを感じるなあなんて、勝手に思っていたんです。——面白いですね。人間、おとなになっても、こんな年になっても、友達ってできるものだったんですね」

「そうですね」

「千草苑といえば」

皆川さんは、楽しげな笑みを浮かべました。

「古くからこの街に在るという、あの千草苑さんですよね？」

「ええ、まあ」

「お店の方たちは、植物とお話ができるという。そんな噂《うわさ》の」

「ははは。どうでしょうねえ。信じますか？」

皆川さんは、静かな笑みを浮かべました。

「信じたいですね」と、胸の奥から出るような優しい声で、いいました。

「世界にはそういう、物語のような不思議や、魔法や奇跡があると信じられたらと思います。うちの娘はそんな話が大好きでした。千草苑のことも、娘から教わったんです。幼稚園でお友達からそんな話を聞いたって。植物とお友達のひとたちがやっているお店が駅前商店街にあるらしい、と。いつかお花を買いに連れて行って、といわれてました。娘も、たいそうお花が好きでしたから」

「そうですか」

それならせめて今日配達した花束に、その子が好きだったというかすみ草を使えて、よかった、と思いました。

（ああ、もしかしたら）

亡くなったその子が、かすみ草をほしいと、聞こえない声でささやいたのかもしれないな、と木太郎さんは思いました。

「ああ、そうだ。もし、よかったら」

ふと思いついたように、皆川さんが明るい声を上げました。

「明日……いいえ、あさって、木曜日の夕方か夜に『エンジェル・フード』に――店の方に、足をお運びいただけませんか？　朝からケーキを焼こうと思います。いまのわたしに作れる、精一杯の美味しいものを、お渡しできると思います。今日のお礼に。それまでに、何とかケーキを焼ける程度には回復しておきますので」

「いえどうぞ、お気になさらず。では」

頭を下げて、行こうとすると、

「――最後のケーキになると思うんです」

静かな声で、皆川さんはいいました。

「店の冷蔵庫に、良いバターや生クリームを置いているんです。それを使って、最後に美味しいお菓子を作ろうと思いまして。さすがに、もう店を閉めようと思いますので。

　せめて、からだが動くうちに。今度入院したら、たぶんもう店には帰れませんから」

　笑顔だけれど、目が泣いているようでした。

「居酒屋の友人たちへも、花束のお礼に、焼き菓子を焼こうと思うんですよね。店に宅配便で送って、メッセージでも添えようかと。思えば、いつかみんなにお菓子を食べさせると約束していたけれど、いつかそのうちと思ううちに、時間が経《た》ってしまっていたので」

　材料がいっぱいありますので、あなたもぜひ、と、皆川さんは笑いました。

「ご家族と楽しんでいただけたら、と思います」

「ああ、それは」ためらいながら、木太郎さんは、微笑み、お礼をいいました。

「一度、お店でケーキを買って帰ったことがあります。とても美味しかったと――子どもも孫も、喜んでいました。もちろんわたしも、美味しくいただきました」

「そうですか。ありがとうございます」

それはそれは優しい表情で、皆川さんは笑いました。

「わたしは若い頃に娘を亡くしましてね。ええこの子です。——花が好きで、不思議なことや魔法が好きで、千草苑のことをわたしに教えてくれた娘です」

ちゃぶ台の上の、あの写真を見やりました。「この子がね、わたしの焼くケーキが好きだったんです。世界一美味しい、といつもいってくれていました。色の白い頬を桃のようなピンクに染めて、目をきらきらさせて、パパ、美味しいよ、って。そういわれると嬉しくてですね。それこそミシュランに褒められるよりも嬉しいと思っていました。この子に美味しいケーキを、もっともっと美味しいお菓子を。そう思って、毎日働いていたんです。

あの頃は、妻もいて、一緒に店に立っていたんですが、ふたりで街中の子どもたちに美味しいものを食べさせたいね、と毎日のように語り合っていたものです。自分たちにとって、みゆきが……うちの子どもが世界一かわいい天使であったように、お客様の子どもたちはその家の天使です。うちのケーキを目を輝かせて選んでくれ、自分のうちで美味しい美味しいと食べてくれる、その様子を想像するだけで、わたしも妻も幸せになれました。

でも――わたしたちはみゆきを失ってしまいましてね。それがきっかけで妻は家を出ていきました。……いま思うと、互いに若かったんでしょうね。本来なら支え合えれば良かったのでしょうけれど、あのときは、互いに相手を責め合った。相手のせいでみゆきは死んだのだと。相手がしっかりしていれば、あの子は死なずに済んだのだろう、と」

痩せた頬に、涙が伝いました。

「ひとりになって、何もかも捨ててしまいたくなって。店ももう要らないと。あの子の思い出ばかり残る店でしたから。でもね、あの子はわたしの焼くケーキが好きだったなあと思い返すと、どうしてもやめられなくて。

あの子にはもう、わたしのケーキやお菓子を食べることはできないけれど、かわりに、この街の子どもたちが美味しいと思ってくれるのなら、せめてそれならいいか、と思って、ケーキと焼き菓子を焼き続けてきました。

お客様たちから、たくさんの、美味しい、美味しかった、という声をいただき、子どもたちの笑顔を見てきました。もういいかなと思いまして」

「…………」

「ひとつだけ心残りなのは」

皆川さんは、笑いました。

「あの子ね、みゆきはバタークリームのケーキが好きだったんです。でもね、昭和の時代のあのケーキはクリームをマーガリンで作っていたので、あまり美味しくもなかった。いまなら本物の、美味しいケーキが作れるのに、と思うと。いまならどんなにあの子が目を輝かせるようなケーキが作れるかな、と思うとですねえ。

どんなにケーキ作りがうまくなっても、良い材料を集めて美味しいケーキを焼いても、永遠にうちの子に食べさせることはできないんですよね」

もう疲れましたよ、と、皆川さんはいいました。そろそろ疲れました、と。

「もうそろそろ、休んでもいいかな、と思ったんです。ええ今日まで決心がつかなかったんですけどね。でも、いただいた花束を見たら、何か、あの子に許されたような気がして。もういいよ、お疲れ様といわれたような」

木曜日に店を訪れることを約束した後、今度こそ、帰ろうとした木太郎さんに、皆川さんは、思い出したというように訊ねました。

「ああ何度も引き止めてしまってすみません」

やつれた顔で、でも、照れたように、笑いました。

「子猫を見ませんでしたか？」

「子猫、といいますと？」

ふと思い出しました。「ああ、この家の近所で何匹かさっき見かけましたけれど――」

子猫、と呼べるような小さな猫は見なかったような気がしました。

「そうですか」

皆川さんはため息をつきました。

「この界隈《かいわい》で、みんなで猫たちをかわいがっているんですが、どうも最近、子猫たちを中心に猫がいなくなっていくんですよね。どこかでかわいがられているんならいいんですが、それにしては、次々にいなくなるので……」

心配そうなその様子に、木太郎さんは、猫のことを案じている、その気持ちもまた、このひとのいまの体調には響いているんだろうなあと思いました。

「子猫たちがね、何でだかかすみ草が好きなんですよ。どこかで食べられるって覚えたんでしょうかねえ。うちにあげて遊ばせていたら、仏壇に供えていたかすみ草に、わらわらと子猫たちが飛びついて食べ始めて」

皆川さんはその情景を思い出したのか、優しい笑みを浮かべました。

「猫の体にはあまり良さそうではないですし、花瓶もひっくり返されそうになったので、それを見たとき、慌てて止めたんですけどね。あれはかわいらしい情景でした。母猫もね、仕方がないわねえ、みたいな表情で、目を細めて子猫たちの様子を見ていてですね」

子猫が早く見つかるといいですね、と木太郎さんはいって、皆川さんと別れたのでした。

開き戸を閉めるとき、いわれたとおりに、猫が出入りできる程度に、戸を開けて帰りました。帰ってきてくれるといいけどなあ、と、念じながら、その家を立ち去ったのでした。

帰り道、皆川さんと交わした言葉など思い返しながら、橋を渡り、千草苑に向けて歩いて帰っているうちに、木太郎さんはふとひっかかりを覚えました。

「――猫がいなくなる？」

最近どこかでそんな話を聞いたことがあったな、と思い出したのです。

そう、店に来た、二人連れのお客様たちが、そんな話をしていたのです。最近、街で野良猫を見かけなくなったわね、と。

そんなに猫が好きな風でもない、そのお客様たちは、店で昼寝をしていた白猫の小雪《こゆき》を見て、思い出したように、その話をしたのでした。ああそういえば、ええそうよね、と、うなずき合いながら。

「昔っから、三味線にするために猫を連れて行く、猫取りがいる、なんて話はあったじゃない？　あれかしらと思ってた」

「あら最近じゃ、虐《いじ》めて殺すために猫を連れて行くひとたちもいるって、前にうちの子がいってたわ。お友達から聞いたことがあるんですって。猫を虐めたり殺したりして、写真や動画を撮って見せ合ったりするひとたちがいるらしいの。そんなのじゃなきゃいいけど。だって、かわいそうだし、気持ち悪いでしょ」

「ああ、それ美容室の雑誌で見たことあるわ。インターネットの何かで見られるのよね。気持ち悪いわねえ。——ていうより、前にテレビでやってたじゃない？　特に理由もなくひとを殺したりするようなひとたちは、大体、犬猫や兎《うさぎ》みたいなかわいい動物も虐めたり殺したりするから、犬猫がいなくなったり殺されたりするみたいな、そういう被害があったような街では気をつけた方がいいんですって。——ひとを殺すような人間が住んでいるかも知れないから」

「うわあ、いやあだ。怖いわあ」

「怖いわよね」

怖い怖い、とくりかえしながら、二人の主婦は、そういえばあの事件の犯人も、あの事件の時も、と、猫を殺したりしていたとワイドショーやニュースで話題になっていた、と声を潜めて（でも大して潜めてもいない感じで）話し続けていたのでした。

「ねえ、ちょっと」と、ひとりの主婦が声をあげました。「昔ほら、この街で、中学生が小さな女の子を殺した事件があったじゃない？　そう、捕まってみたら、きちっとした家の成績もいい子がなんで、って大騒ぎになった。その犯人が大きくなって、ていうか、もういいおとなになっていて、風早に帰ってきて、名前を変えてひそかに暮らしている、って噂があるのよね」

千草苑に帰り着いた頃には、もう夕方が近くなっていました。

ちょうどカフェの方にお客様が少なくなった時間で、茉莉亜が手持ちぶさたな様子で、観葉植物たちの世話をしていました。

川向こうのケーキ店、『エンジェル・フード』の店主の方の家に配達に行ったよ、という話をすると、茉莉亜はわずかに眉をひそめ、

「それってあの、昔にお子さんが亡くなったっていうケーキ屋さんの？」

訊《き》き返してきました。

「ああ、そんな話は聞いたけれど。それはその、有名な話なのかい？」

なんとはなしに訊き返すと、茉莉亜は、

「そうねえ。ずっと昔の、昭和の頃のお話だし、わたしも最近知ったくらいのことだけど、知ってるひとは知ってるって感じかしら」

「まあ、うまいケーキを作る店だしなあ」

街のひとの興味を引きやすいんだろうなあ、と木太郎さんは思いました。「店主の皆川さん、お気の毒に、具合が悪くてらっしゃるみたいでね、あさって木曜日に店を

完全に閉じるみたいな話をしてらしたよ。最後に残っている冷蔵庫の中味を使って、焼けるだけのケーキや焼き菓子を焼いて、仲の良い居酒屋の常連たちに配るっていってたよ。

　ありがたいことに、うちにもくださるってさ。気を遣わなくてもいいのにね」

「へえ」

　ひょっこり顔を出したりら子が、姉を手伝いながら、

「前におじいちゃん、ケーキ買ってきてくれたよね。あんまり美味しかったから、わたしあのあと、ネットで調べてみたんだよね。どんなケーキ屋さんなのか。そしたら、その、もちろんいいお店だったんだけど……」

　りら子はいいよどみました。

「インターネットに若い頃に亡くしたっていう、お嬢さんのことが書いてあったのかい？」

　木太郎さんは、自分自身はパソコンをうまく使うことも、検索エンジンなるものを使って調べ物をすることも得意ではありません。

　でも、息子の草太郎《そうたろう》さんや孫娘のりら子たちがパソコンやスマートフォンを器用に

扱う様子を見ているのは好きでした。

インターネットの世界には、まるで知らない次元に建っている、魔法の図書館のように、ありとあらゆる情報が並んでいて、それをうまい手順で探し当てることができると、およそ世界中にある情報で、探したいことやそのヒントになるようなものは、きっとそこで見つけられるようなのでした。

花咲家のものたちが持つ魔法と違う、科学技術の魔法が、そこにはありました。

「うんまあね。新聞記事とかあったよ。お店に来るお客様たちの話とか。皆川さん、神様のように良いひとで、誰にでも優しかったのに、どうしてこんな不幸が、みたいな」

「――不幸というと？」

「おじいちゃん、あのね」

りら子は、ためらうようにしながら、ゆっくりといいました。

「『エンジェル・フード』の――ケーキ屋さんの女の子はね、殺されたんだよ。その頃、何人かの小さな子どもを襲ったりした中学生の男の子がいてさ。その子に殺されてしまったんだよ」

「えっ」

その事件のことなら、木太郎さんも覚えていました。犯人はまだ十四歳。小学校を卒業したばかりのように幼い見ための子どもだったらしい、ということもあって、当時は相当話題になった事件でしたから。

この穏やかな風早の街でも、そしてこの国でも、あまりあるような事件ではありませんでした。

(ああそうか)

ゆるゆると木太郎さんは思い出しました。

そういえば、亡くなった子どもの家はケーキ屋さんだと、それだけ誰かに聞いたことがあるのをかすかに覚えているような気がします。当時、ニュースを避けて見ないようにしていたので、詳しいことは何も覚えていませんでした。

(なぜってかわいそうすぎて)

皆川さんは、木太郎さんと同世代。つまり、子どもたちの年齢もほぼ重なりました。あの事件の頃、木太郎さんはまだ若く、幼い草太郎さんを大切に育てていた頃です。無邪気な笑顔で走り回り、絵本を読んでいた、少し前の幼い草太郎さんの姿と、殺されてしまったという同じ街の幼い女の子のことがどうしても重なってしまい、ニュースを見る気になれなかったのでした。子どもを亡くした両親の気持ちを思うと、好奇心さえ持つ気になれなかった、ということもありました。

積極的に知ろうとしなくても、話題の事件のこと、あれやこれやといろんな情報が、勝手に目や耳に飛び込んできました。

その死んだ女の子の名前は、「みゆき」ちゃんであったこと（「みゆきちゃん事件」と呼ばれていました）。みゆきちゃんは明るい優しい女の子で、通りすがりの中学生に、「道案内をしてほしい」と頼まれて、そのままどこかへ連れて行かれてしまったこと。

公園の近くでその男の子と一緒に歩いていた、それが最後に目撃された生きているみゆきちゃんの姿で、みゆきちゃんはそれきり行方不明になり、次に見つかったときには、真奈《まな》姫川《ひめがわ》の川原の、その草むらの中。変わり果てた姿になっていた、ということ。

結局はその遺体を捨てに行ったときに近所のひとに目撃されていたことがきっかけで、犯人だった子どもは捕まり、それ以上被害者が出ることはなかったこと。

（そうだ。あの頃は大騒ぎになった事件だったんだ……）

ある時期どんなに話題になっていても、思い出すきっかけがなければ、日々の生活の中で、忘れ去られていってしまうのでしょう。どんなことでも。あるひとつの家族にとっては、永遠に忘れられないような出来事でも。

（そうか。みゆきちゃんは生きていれば、もうおとなで、結婚して子どもがいてもおかしくないような年齢になっていたのか）

りら子や茉莉亜、桂のような子どもがいる、そんなお母さんだったのかも知れません。

埃まみれだったあの家には、孫たちの声が響き渡っていたのかも知れません。ちょうどいまの木太郎さんのこの家が、笑い声やお喋《しゃべ》りでいつも賑やかであるように。

皆川さんは、あんな表情ではなく、もっと元気な、明るい表情で暮らしていたのかも知れません。もしいまと同じに、悪い病気になっているとしても。自分に死の時が迫っていると悟っているとしても。

（そうだよな。みんな、事件のその後も生きているんだよなあ）

街のひとびとから忘れ去られてしまっても、残されたそのひとびとの人生が終わるわけではないのです。失われ奪い去られた大切な誰かのことを想いながら、それぞれの命が終わるまで、生き続け暮らし続けていくのです。思い出と一緒に。死んだひとの命の記憶を抱えて。

　病気や事故で失っても辛《つら》いものを、誰かに奪い去られた記憶とともに生きるというのは、どんなに辛いものなのだろうと、木太郎さんは、胸が塞がるような思いがしました。

　店の中の植物たちが、木太郎さんの思いを感じ、共鳴して、それとわかるほどに葉や枝をきしませ、身もだえするようにしました。

「ああ、いけない」

　木太郎さんは、いつかうつむいていた顔を上げ、緑たちに語りかけました。

「大丈夫だよ、大丈夫」

　いいながら、思っていました。

　もし自分の身に、皆川さんに起きたようなことが起こっていたら、自分もきっと、時が止まったような家で、あんな風にひとりきり、埃まみれで暮らしていたに違いない、と。

きっとあのひとはもうひとりの、そうであったかもしれない自分なのだ、と思いました。

その夜のことでした。

閉店した後、明かりを落とした、夜の千草苑で、木太郎さんはひとり物思いにふけりながら、片付けものをしていました。

店の植物たちは、あるものは眠り、またあるものはゆっくりと呼吸をくりかえしていました。木太郎さんの沈みきった想いが夜の空気越しに伝わるせいか、いつも陽気な南国の植物たちも黙り込み、しんと静まりかえっていました。

ふと、耳の端にかすかな、植物のそれとは違う呼吸の音を聞き、誰かの気配を感じたような気がして、木太郎さんはそちらを振り返りました。

ショーケース——花がたくさん入れられた冷蔵庫の、その明かりに照らされるようにして、小さな女の子がぽつんと立っていました。

ガラスに手を突いて、かすみ草の方をじいっと魅入られたように見つめています。

長い髪も、夏物のかわいらしいワンピースも、雨に降られたようにぐっしょりと濡《ぬ》れていました。靴を履いていない、小さな足も。

そういえばその子の死因は溺死《できし》だったと、当時誰かがいっていたな、と思い出しました。

犯人の少年は、生き物の死に興味があったと語ったとか。生と死の境目をくりかえし見たいと思ったと語ったとか。そのために、生き物を家に連れて来てはくりかえし傷つけて殺し、とうとう、ひとの子どもを追いかけ回すようになり、最後にはみゆきちゃんを自宅に連れ込み、風呂の浴槽に沈めて殺したのだと、そう少年は淡々と語ったと報道され、街の噂にもなっていたのでした。

心の奥底深くに化石のように眠っていた、あの事件に関する記憶の欠片《かけら》が、ぽろぽろと浮かび上がってきました。

「みゆきちゃんかい――?」

木太郎さんがそっと訊ねると、その子は、恥ずかしそうな笑顔で振り返りました。

暗い中に立っているのに、不思議と光に包まれたような笑顔で。

小さな口が、ありがとう、というように動きました。ああ、かすみ草の花束のことをいっているのかな、と木太郎さんは思いました。

女の子は、口元に笑みを浮かべ、そして、

『おとうさん』

とささやくようにいいました。

『おとうさんがね……』

「うん？　お父さんがどうしたね？」

木太郎さんが訊ねると、女の子はじいっと木太郎さんの顔を見上げました。どう説明すればいいのかわからない、というような表情をしてうつむきました。口元が悲しげに歪《ゆが》みました。目から涙がつうっと頰へと伝いました。そしてその姿は、部屋の薄闇に溶け込むように、すうっと薄らいでゆき、消えていったのです。

錯覚でなかった証拠のように、木の床には、小さい子どもの足の形に濡れたあとがありました。

木太郎さんは、床を見ながら、目を潤ませました。生きていればおとなになっていたはず、たくさんの言葉を覚えていたはずの小さな魂を思って。

どうにも皆川さんが気になり、胸騒ぎがして、木太郎さんはひとり、夜の道を急ぎました。川沿いの道を急ぎ、橋を渡りました。古くなった新興住宅地の路地を抜けていくと、その家が近づいてくるごとに、庭木たちや街路樹たちが、ざわめいているのを感じました。今夜は風のない夜なのに、枝や葉たちが、ふるふるとかすかに震えているようなのです。

それは声のない合唱でした。歌詞のない、木々が夜空に上げる哀しみと怒りの声で綴《つづ》り合わされた、悲鳴とすすり泣きでできあがった合唱曲でした。

ふつうのひとの耳には聞こえない声が、木太郎さんの耳にはまるで突き刺さるようで、木太郎さんは何度も手で耳を塞ぎ、こすったりしながら、道を急ぎました。

「皆川さん、皆川さん。千草苑です」

その家に明かりはついていました。

なのでそっとチャイムを押し、玄関の扉を叩《たた》きました。

返事はありません。

開き戸は、木太郎さんが帰ったときのままに、猫が通れる程度に開いたままになっていました。のぞき見ると、明るい家の中は、しんとしています。

家を覆う木々は、まるで傷ついた獣のように、空に向かって聞こえない咆哮《ほうこう》を上げていました。それは家の主の感情を受信し、共鳴する、緑たちの声でした。

(間違いない。何かあったんだ)

木太郎さんは一瞬だけ躊躇《ためら》い、けれど次の瞬間には扉を大きく開けて、中の様子をうかがいました。——すると。

家の中、昼間に通された部屋の方から、うめき声が聞こえてくるのに気づきました。ひとの声です。

苦しそうな、泣いているような、憤怒《ふんぬ》にあえぐような、そんな声だと思いました。

「お邪魔します」

木太郎さんは、家の中に向かって、一声かけると、靴を脱ぐのももどかしく、急いで中に入りました。


昼に通されたあの部屋の、そう布団が敷かれていたあの部屋の襖を開けました。

すると、皆川さんが、ちゃぶ台に向かい合い、大きなノートパソコンの前に身を屈めるようにして、泣いていたのです。そこに置いて帰った花瓶は畳に落ち、かすみ草も薔薇も他の花たちも、無残に投げ出されていました。

花たちは泣いていました。床の上で。皆川さんを心配し、かわいそうだと泣いていました。そのひとには聞こえない声で。

皆川さんの顔は真っ青で、額には脂汗が流れていました。呼吸は速く浅く、枯れ枝のような腕は、そこがひどく痛むというように、腹部をぎゅうっと押さえていました。

「どうなさいましたか？　大丈夫ですか？」

木太郎さんは、そのそばにしゃがみこみ、そっと訊ねました。そのときにはもう、片方の手で、ズボンの尻のポケットから、自分の携帯電話を取りだして、救急車を呼ぼうとしていたのです。

「あれ、千草苑さん……？」

朦朧《もうろう》とした表情で、怪訝そうに、そのひとは顔を上げ、木太郎さんを見上げました。

「さっきお帰りになったのでは？」

「ええ、ちょっと虫の知らせが。気になって戻ってきてみたんですが」

「そうですか」

柔らかい表情で、皆川さんは笑いました。どこかとりとめのない、夢ともうつつともつかない世界にいるひとのような表情で。

「もしかして、みゆきが呼びにいってくれたんでしょうか。おとうさんが大変だって。――あの子は賢くて、優しい子ですからね。気が利いた子でした。でもそれなら、わたしの前に出てくれればいいのに。夢枕にすら立ってくれたことがない。……死んでから。一度だって」

「救急車を呼びましょうか？」

皆川さんはゆっくりと首を横に振りました。

「いま病院に行っても、ただ帰ってこられなくなるだけです。……まだ店を片付けていません。最後にもう一度、慣れ親しんだ機械でケーキを焼いて、焼き菓子を焼きたいんです。

居酒屋の友人たちのために、お礼の言葉をしたためたカードを用意したい。閉店の挨拶をきちんと書いて、お客様たちのために貼り出したいんです。――だから、お願いです。救急車は呼ばないでください」

「けれど」

「大丈夫。ちょっと驚いただけです……」

皆川さんの額に浮かんだ汗が落ち、そして、潤んでいた目に涙がたまりました。

「まったく、何という……」

そのひとの目の見つめるその先に、パソコンの画面がありました。おや子猫が映っている、と何気なく木太郎さんは思ったのですが、それはやせ細り、血まみれになった子猫の姿だったのです。子猫は痛みに耐えるようにからだを痙攣《けいれん》させ、やがてか細い声で一声鳴くと、首を垂れ、動かなくなりました。

最後に、その小さな体を摑みあげる大きな左手が映り、動画は終わりました。

「うちに良く遊びに来ていた子猫の一匹です。間違いないです。見間違えるものですか。あの声を聞き間違えるものですか」

血を吐くような、かすれた声で、血走った目で、皆川さんはそういいました。震える手で、パソコンを操作して、また映像を再生しました。

「ええ、ずっと猫たちを捜していたんです。最初は自分の足で歩いて、そのうち体力がなくなってからは、こうしてネットで。……同じようにいなくなった猫を捜していたひとから、動画サイトにこういう画像が投稿されていたと聞きましてね。サイトの運営をしている側から、すぐに削除されたけれど、自分は保存してあるので、見ますか、と。で、動画を送ってもらったんです。

そしたらね、あの子でした」

木太郎さんは、皆川さんの、マウスに載せられた、枯れ木のような熱い手の上に、自分の手を重ね、首を横に振りました。

「見てはいけません。子猫だって、こんな悲しい姿を見てほしくなんかないでしょう」

「大丈夫です」そう答えるひとの見開いた目から、涙がこぼれました。

「わたしはみゆきの写真だって見たんです。警察のひとに見せられた、あの子の、犯人が撮影したらしいという写真を。……浴槽の中に沈んだあの子を左手で引き上げている、その様子をカメラで撮影したらしい、というものでした。苦しそうに目が開いていて、写真の中ではあの子はまだ生きていました」

「……なぜ、そんな写真を」

「親が確認しなければいけない写真でしたから。妻にはとても見せられませんでした。わたしはね、そして思ったんです。みゆきはどんなに苦しかっただろう。怖かっただろう。わたしたちを呼んだだろう。なのに助けてあげられなかった。それができなかった自分を許さないためにも、わずかでも罰するためにも、この写真を見なくてはいけないと。どんなに辛くても、です。だってみゆきはその百倍も二百倍も、数え切れないほどに、辛く苦しかったはずなのですから」

それに何より、と、皆川さんはいいました。

「その写真があの子がこの世界に生きている、最後の写真だったんです。どんなに辛い写真でも、目に焼き付けておきたかったんです」

皆川さんの目から涙が落ちました。

涙は畳の上の、花たちの上へとはらはらと落ちていきました。

「ねえ、千草苑さん。緑の声が聞こえるって、ほんとうですか？　みゆきが信じていた奇跡や魔法は、ほんとうにこの世界に存在しているんですか？　神様やら仏様やら、そんなものは、この世界に存在するんでしょうか？

みゆきは優しいいい子でした。親のわたしがいうのもなんですが、お客様にも近所の方たちにも愛される、天使のような娘でした。――そんな子だからこそ、道案内をしてほしい、と話しかけてきた知らないお兄ちゃんを助けてあげたくて、素直に連れて行かれてしまったんでしょう。困っている様子のひとを、疑おうなんて思わなかったんでしょう。

ねえ、あの子に何の罪があったというんですか？　ひとを信じたことですか？」

涙はぽたぽたと落ち続けました。

「子猫だってそうです。毎日かわいく遊んで眠り、転げ回っていた毛玉みたいな小さな生き物が、なんでまた、こんな目に遭って殺されなくてはいけないんですか？

神様は、何を思っていらっしゃるんですか」

木太郎さんには、何も答えることができませんでした。自分や自分たち一族には、魔法としか説明できないような、不思議な力があります。それはもう否定のしようがなく、たしかにあるのです。でもその力を、木太郎さんはなぜ自分たちが持っているのか、その理由を知りません。

そこに誰かの意志があったのか、あるいはただの偶然、たまたまそんな力が備わっている、それだけのことなのか。

花咲家の先祖の残した記録を辿《たど》れば、その始祖についての、おとぎ話のような伝説がありはしますが、それを信じ切るには、木太郎さんはもう年を取り過ぎています。

そしていまの時代は、もはや人類が宇宙に行く時代。おとぎ話の時代からは遠ざかり過ぎているのです。

（なぜ、うちの家族が、と）

木太郎さんは、そっと奥歯を嚙《か》みしめました。悲惨な死に方をされたわけではなく、病気で家族を失ったときにさえ、その理不尽だと思えた別離のさだめに天を恨んだことがある木太郎さんには、皆川さんの慟哭《どうこく》が我がもののように思えたのでした。

（もし世界が優しい場所なのだとしたら）

（奇跡や魔法に守られている場所なのだとしたら）

なぜ、優しい誰かが傷つけられ、苦しまなければいけないのか。

若い日からずっと胸にわだかまっていた疑問が、冷たい炎のように噴き上がりました。

目の前にいるこのひとが、なぜその命が終わろうとするときになって、こんなに血を流すような涙を流さなくてはいけないのかと、ぎゅっとこぶしを握りしめながら。

「しかし悔しいなあ」

皆川さんはいいました。

「パソコンの画面の中に、こんなに近くにあの子はいるのに、助けてやることができないなんて。あの子を虐めている奴《やつ》の手が、こんなに目の前に見えているのに、つかまえて、やめろといってやれないなんて。

この動画を送ってくれたひとから教えて貰《もら》いました。誰がどこから動画を投稿しているか捜すのは難しいのだそうですね。少なくとも、素人であるわたしたちには難しいと。

だからこうして、苦しんでいる姿が見えていても、捜し出して、せめて亡骸《なきがら》を葬《ほうむ》ってやることもできない。事前に止めることもできない。そしてわたしたちの歯がゆさを、そういう輩《やから》は楽しんでいるんだそうです。

なんて悔しい、ひどいことなんでしょう」

目には涙が溢《あふ》れ、声はかすれてゆきました。

「そいつを殺してやれないなんて」と聞こえたような気がしました。

でも、聞き間違いだったのだろう、と、木太郎さんは思いました。自分が思った言葉を、そのひとの声で聞いてしまったのだろうと。

天使のようだったというみゆきちゃんの父親であるにふさわしい、清らかで優しいこのひとがそんな言葉を口走るだろうかと、そう、そのときの木太郎さんは思ったのでした。

「世界には、ほんとうに、神様はいないんでしょうかねえ」

かすかに笑うような声で、皆川さんはいいました。「この子猫を殺している手は、うちの娘を水に沈めたのと、同じ人間の手です」

「なんですって？」

突然の言葉に、脳天を叩かれたような気がして、木太郎さんは身を震わせました。

皆川さんは静かに言葉を続けました。

「うちの娘を死なせたとき、まだ子どもだからと刑事責任が問われなかった中学生が――心をあらためました、反省しました、とわたしに何回もお詫びの手紙を送ってきていた、あの日の犯罪者が、まだ生き物の命を奪い、それを楽しんでいた、ということですね。

おとなになったいまも、心根は変わっていなかったと。おとなになったのに。うちのみゆきは、幼い子どものまま、永遠におとなにはなれないというのに」

「いやあのそれは、なぜわかったんですか？」

自分の声が遠くで聞こえました。

「手です」

はっきりと皆川さんは答えました。

「みゆきの最後の写真に写っていた左手と、この動画に映っている手は、同じ人間の手なんです。なぜわかるって……わたしにはわかるんですよ。あの日、何度も何度も、深く見入り、永遠に記憶に残そうと思って見つめた、みゆきの最後の写真に残っていた、犯罪者の汚らわしい左手のかたちです。――忘れたくても、忘れられるものですか」

声は震えていました。涙があふれ出すその目元を押さえた手も震えていました。

木太郎さんは、その肩に手を置きました。

「警察に連絡しましょう」

皆川さんは涙に濡れた目を上げました。

木太郎さんの顔を見つめ、優しい、感謝に満ちたそんな表情で、いいました。ゆっくりと首を横にふりながら。

「それは駄目です。駄目なんです」

「なぜ？」

「千草苑さん、あなたはわたしのいうことを、思ったことを信じるんですか？　わたし自身、自分の記憶を信じられていないのに」

口元が悲しい風に、笑いました。

「わたしはね、遠い昔に子どもを亡くした人間です。その上にいまは死病にあって、つまりは精神のバランスがちゃんととれている自信なんて、ありゃしないのです。……なんていうのか、客観的にわかってしまっているんです。記憶の中の左手と、この動画にある左手が同じ人間の手だなんて、思い込みに過ぎないんじゃないかと。いまのわたしには、とても、自分の目を信じる気にはなれません」

「でも」木太郎さんは声を上げました。

「一応、いうだけいってもいいんじゃないですか。もし、同じ人間がしたことだとしたら……こんなひどいことをする者を、野放しにしていていいはずがない。もし、同じ人間がいまこんなことをしているとしたら、きっと警察は捕まえてくれて、今度こそ……」

そう、警察ならきっと、かつて犯罪を犯した元少年の居場所をつきとめてくれるでしょう。そうしたら二度と、こんなひどいことは起きないに決まっているのです。

かつて罪を免れたとしても、今度こそ、犯罪者には相応な罰を。釣り合うだけの、裁きを受けるべきなのです。

皆川さんは、優しい、でもひどく悲しげな表情で微笑みました。

しっかりとした声で、いいました。

「もし、無関係だったらどうします？

ふたつの手は別人の手だったとしたら。

もしわたしが警察に訴えれば、きっと警察は真面目に調べてくれるでしょう。当時事件について調べてくださった方々の多くはもう引退なさっているのですが、いまも手紙での交流は続けていますし、仏壇も拝みに来ていただけています。平成になったいまの時代もきっと、あのひとたちはわたしの声に耳を傾けてくださると思うのです。

でも、だからこそ、わたしは怖いのです。

もしかつて捕まった元少年が今度のことに無関係で、いまはこの国のどこかで、たとえば平和な家庭を築き、子どもでも育てているとしたら。そんなひとを犯罪者扱いしてもいいものなのでしょうか？　何年経っても、何十年経っても、どんなに罪を悔い改めても、おまえは犯罪者だ、一生疑われ続けるのだと、つきつけることになってしまう」

「しかし――」

木太郎さんは、割り切れないような気がしました。それくらいしてもいいじゃないか、とつい思ってしまうのです。

我が子を無残に死なせたかつての少年のことを、自分だったらここまで慮《おもんぱか》ることができるだろうかと思いました。

「わたしはね、信じたいんだと思います」

静かに、どこか聖人のような表情で、皆川さんはいいました。

「あの日我が子を殺した元少年は、ちゃんと罪を悔いたのだと。もう誰も傷つけませんと、そんなことはしたくありませんと医療少年院で作文を書き、わたしにも何通も手紙をよこした、その気持ちは真実だったのだと。

あの子はおとなになり、みゆきの知らない未来の世界を生きているけれど、みゆきのかわりに幸せに生きていてくれる、それならいいのだと信じていたいんです、きっとね」

人間を信じていたいんです、と、皆川さんは、静かに言葉を続けました。信じて良かったと、そう想いながら世を去りたい、と。

「だからね、いいんです。この話をしたのは、千草苑さん、あなたにだけです。これでもう、終わりにすることにしました。

わたしはたぶん、誰のことも傷つけたくはないんです。だって、そんなことをしたら、父親として、娘に――みゆきに、顔向けができないような気がして。それくらいなら、疑いも恨みも、自分ひとりの胸に収めて、三途《さんず》の川を渡るからいいんです。

――ただ、もし、ふたつの左手が、同じ人間の手だとしたら。あいつが改心していなかったとしたら。わたしに何通も丁寧な手紙を書いた、少年だった彼の、その心情に嘘があったとしたら。

もし、そんなことがあるとしたら……」

皆川さんの歯が、熱で乾いた自分の唇を噛み、血が出るほどに食い破りました。

不思議に明るい声で、皆川さんは言葉を続けました。

「わたしは神様に文句をいいに行くでしょうね。空を駆けて、雲の上にあるという天国へ殴り込みに行きますよ。きっとね」

笑顔なのに、その口元は痛々しいほどに、赤く染まっていました。

それが木太郎さんが、皆川さんと言葉を交わした、最後の夜になりました。

次の朝、どうにも気になった木太郎さんが訪ねていってみると、皆川さんは、布団の上に倒れるようにして、こときれていたのです。

皆川さんは、胸元に、一匹の猫を抱きかかえるようにしていました。

傷だらけの猫は、皆川さんに寄り添うように甘えるようにして目を閉じていました。口に死んだ子猫をくわえていました。その子猫は、昨夜動画で見た、あの死んでいった子猫に似ているように見えました。

猫の足跡なのでしょう。血で染まった小さな足跡が、開いたままの玄関の方から、点々と続いていました。足跡は、蛇行しながら、廊下を渡り、畳を踏んで、皆川さんの布団の上へと続いていました。

猫は、どこかさらわれていった先から、何とか逃げ出して、帰ってきたのでしょう。傷ついたからだで、必死に、子猫を連れて、帰ってきたのでしょう。そうしてそのまま息絶えたのだろうと、木太郎さんは思いました。

帰ってきた猫を迎えた皆川さんは、猫を抱きしめてやり、そしてそのまま弱っていた心臓が止まってしまったのでしょう。木太郎さんは、そのからだを布団に横たえ、眠らせてやろうとしながら、涙をこぼしました。

ひとも猫も、亡くなってそうたたないのか、まだからだがあたたかく、柔らかいままでした。

うつむき、猫を強く抱きかかえたままの皆川さんの顔を、その表情を、木太郎さんはそのとき初めて見て、はっとしました。

目に涙をためたその顔は、まるで仁王像のような憤怒の形相を浮かべていたのです。もう死んでしまっているのに、目をかっと見開いたまま、虚空を睨《にら》んでいたのでした。

木太郎さんは、それまでの半生で、いくらも妖しいものや不気味な存在と出会ったことがありました。——けれど、そのとき見た皆川さんの最期の表情ほど恐ろしく、また悲しいものには、それまでも、それからも会うことはなかったと、のちに思うことになりました。

植物たちが、ざわめいていました。

家の主と、小さな生き物たちの死を嘆き、悲しいと、許せないと騒いでいました。

花咲家の耳を持つひとびとでないとそれとわからない、風のざわめきにしか聞こえないような、そんな小さな嵐が吹きすぎるような、ざわざわとした声で。

そして、そのざわめきの中で、まるでそれが産声であったというように、猫を抱えた皆川さんのからだから、見上げるほど大きな、赤い炎のようなものが、ふうわりと抜けて、その場でゆらめきました。

それはゆらめきながら、金色の目の猫の形になり、ひとつまばたきをすると、ひとだまになり、部屋の中をすうっと飛んでいったと思ったら、どこかへ消えていってしまったのでした。

そのとき、木太郎さんは感じたのです。

魂が抜けていった、と。

今の今までこの部屋にいた、皆川さんと猫の魂の気配が、あの謎の赤い炎がどこかへ行ってしまうのと同時に、部屋から消えていってしまったということを。

それから数日後の、夕暮れ時のことでした。

まるで血で染めたように、赤く染まった空の下を、木太郎さんは歩いていました。

用事を済ませて歩くうちに、橋を渡り、皆川さんのケーキ店のそばを通りかかりました。

閉まったままの古くかわいらしいケーキ店もまた、赤色に染まっていました。

(ああ、結局、皆川さんはここでもうケーキを焼くことはなかったんだなあ)

そう思うと、胸が苦しくなりました。

そのときでした。

周囲の木がざわりと、潮騒《しおさい》のように、ざわめいたような気がしました。

何ともいえない、息苦しいような気配を頭上に感じて、木太郎さんは顔を上げました。

緑に包まれたケーキ店の屋根の上、その枝や葉の波を踏みしめるようにして、大きな獣が立っていました。

いやそれは――獣ではなく、あやかしでした。燃える赤い炎でできた長い毛並みを夕空になびかせた、巨大な猫だったのです。

そう、あの朝に見た幻の猫が、今そこにいたのでした。

「皆川さん」

思わず、木太郎さんは呼びかけました。

それがそのひとの魂と、そして死んだ猫たちのなれの果てだとわかったからでした。

あやかしと化したそのひとは何を思うのやら、地上を一瞥《いちべつ》すると、ふうわりと空へ舞い上がり、どこかへ去って行ったのでした。


それからどれくらいたった頃だったでしょうか。

風早の街の新興住宅地の辺りで、猫を攫《さら》い危害を加えていたと自称する人物が、ある夜更けに、街外れの交番に逃げ込むようにして、飛び込んできました。

上下ともにジャージ姿の、不健康に太った感じの、いい年の男性だったそうです。

どういうわけなのか、身にまとったジャージは、ひどく焼け焦げ破れていて、からだも同じ有様だったとか。

「助けてください、かくまってください」

涙と鼻水をまき散らしながら訴える、その男がいうことには、自分は夢の中でも、現実の世界でも、ここのところ、ずっと、妖怪変化に追われてきた、と。

世にも恐ろしい、燃える炎でできた化け猫で、あれは地獄から来た使者の、火車と呼ばれる妖怪に違いない、と。

　自分はたくさん生き物を殺してきたから、地獄に連れて行かれるに違いない、と。

「自首すれば、妖怪も許してくれるかも知れない。だから、交番に来ました。さあどうぞ、捕まえてください」

　そんな馬鹿な、とおまわりさんは笑ったそうです。

　今夜もうひとりいる当直のおまわりさんは、さっき万引きの被害があった、近所のコンビニに出動しています。もう真夜中、ひとりでこんな変な話を聞いていたくない、と思ったそうです。

　いいから帰りなさい、と追い出そうとすると、男は、「証拠なら在るから」と、泣きながらスマートフォンに保存していた、たくさんの猫の死体の写真を見せたそうです。

「どうですか、これはみんなわたしがやったんです。これもこれも、これもです。十や二十じゃきかない数の猫だと思います。ひどいでしょう？

　――実は昔は、もっとすごいものを殺したことがあるんです。つまり」

　泣きながら胸を張り、言葉を続けようとしたその様子に、呆気《あっけ》にとられたとき――。

おまわりさんの目の前を、赤い炎でできた、大きな光る腕のようなものが、すうっと通り過ぎていった、というのです。

まるで巨大な化け物の腕が、建物の中に飛び込んできて、中を引っかき回し、また出ていったかのように。

巨大な炎の柱のような、その腕のあまりの熱さに、おまわりさんは恐ろしくて身を縮めてしまったそうです。そのときはとにかく驚いて、あれと戦うなんてとんでもない、ただ小さくなることしか思いつかなかった、そうです。

そして、ぎゃあ、という悲鳴が響いたと思ったら、あのジャージ姿の男は、交番から、いなくなっていたそうでした。

まるで夢を見ていたようだった、と、のちにおまわりさんは語ったそうです。

夢でなかった証拠のように、交番の扉付近の壁に、べっとりと血にまみれた男のひとの髪の毛が、貼りついていたそうです。

それだけを残して、その謎の男は、それきり、地上から消えてしまいました。

名前さえ残さずに。——おまわりさんに名乗る前に、炎の腕にさらわれていってしまったからでした。

その夜、炎でできた大きな猫のような獣にくわえられた男のひとの姿を見た、というひとが風早の街には何人もいた、とのちに語り伝えられるようになりました。

男は炎に焼かれながら、熱い痛いと燃えながら泣き叫び、あやかしにくわえられて、どこか遠いところへとつれられていってしまったそうです。

「空から、大きな猫が舞い降りてきたと思ったらね。地面に穴が開いていたのよ」

たとえばあるひとは——身震いするようにして、いったのだそうです。

「深くて暗い、亀裂みたいな穴がいつの間にか、そこにあったの。猫みたいなお化けは、泣きわめくおじさんをくわえたまま、その穴の中に飛び込んでいってね。そしたら、何事もなかったように、穴は塞がったの。

わたしね、あれは地獄に行ったんだと思うわ。おじさんは何か悪いことをしたひとで、地獄からお迎えが来たんだと思ったもの。

なぜわかるかって？　うーん、どうしてそう思ったんだったかな。でもきっと、世の中は、自分が見たものが何で、なぜ目の前に出没したのかって、大事なところはわかるようにできてるみたいな気がするわ」

それからもときどき、木太郎さんは街を駆ける火車を見ました。

火車はあるときは何者かを捜し追い回し、またあるときは誰か捕まえた悪党を、地の底の黄泉《よみ》の国へと連れて行こうとしていました。

時が経ち、目撃するたびごとに、あやかしがあやかしそのものになっていくことに、木太郎さんは気づいていました。

獣は少しずつ、ひとから遠ざかっていて、やがて人間だった頃の記憶を、すべて忘れてしまうのだろう、と、木太郎さんは思いました。

それでもたまにあやかしは、ひととして生きてきた日々を思い出すのか、元住んでいた家の辺りを歩いていたり、ケーキ店の屋根の上にそっと佇んでいたりすることもあるのでした。ひとの目につかないような、夜明け前のいちばん街が暗い頃や、黄昏《たそがれ》時《どき》の、昼とも夜ともつかない光が、眩《まぶ》しく地上を包み込み、照らしているような、そんな時間のことでした。

妙に猫めいた、いっそ愛らしいといえるような、そんな姿と表情で。あやかしは、自分が住んでいた家に帰ってくるのでした。

そんなとき、木太郎さんは、自分のそばに、小さな女の子の影が寄り添うのを感じたりすることもありました。

かつてみゆきと呼ばれていたその女の子は、屋根の上のあやかしを見上げ、それはそれは悲しそうな目をして、見つめ続けるのでした。

あやかしにはもう、娘の魂がそこにいるということすら、わかっていないようでした。

(——ああ、あれは、わたしだ)

木太郎さんは、燃える炎の獣を見上げました。自分の心の中にも、あれと似た獣はきっと棲《す》むのだと思いました。

時に世間への呪詛《じゅそ》の言葉を吐き、復讐《ふくしゅう》する相手を捜している、炎に包まれた獣が、きっと身のうちで息づいているのだと。

わかっているのだ、と、木太郎さんは、苦い思いで、炎の獣を見上げるのでした。

さみしいような切ないような、懐かしいような、そして果てしなく悲しい思いを胸に抱きつつ。

第四話　約束

「こんにちは。ハロウィンも近い今日この頃、一年でいちばん楽しい季節、みなさまいかがお過ごしですか？」

さわやかな茉莉亜《まりあ》の声が、透明なスタジオのブースの中、そして花と緑に包まれた千草苑《せんそうえん》の店内と、風早《かざはや》の街の空へと響き渡りました。

夕方の四時。ＦＭ風早の人気番組、「トワイライト・ブーケ」のオンエアの時間でした。

この時間、番組は西風早のスタジオを離れ、こちら、千草苑の中にあるサテライトスタジオのひとつからのオンエアになるのでした。

「木曜日のこの時間のお相手は、怖い話がちょっと好きな、駅前商店街、カフェ千草《ちぐさ》の花咲《はなさき》茉莉亜と」

「ま、漫画家の有城竹友《うしろたけとも》がお送りいたします」

やや前のめりになりながら、有城先生はマイクに向かって挨拶しました。

その様子を見て、向かい側の席にいる茉莉亜が、ちら、と目を上げました。機械の前にいるディレクターの桜子《さくらこ》さんが、おや、という表情をするのもうかがえました。

（ああ、しまった）

有城先生は、額に浮かんだ汗を拭いました。

ラジオで話すこともう慣れてきたはずなのに、タイミングを外しそうになったり、マイクを吹いてしまったり。有城先生ったらどうしたんだろう、とか、そんな風に思われたんだろうなあ、と申し訳なく思いました。

（それか――）

体調が良くなさそうだと見抜かれてしまった可能性もあるなあと思いました。ここのところ、どうもすっきりしないのです。ずっと熱っぽいし、夜もよく眠れません。

少し前に、ひどく雨に濡《ぬ》れた夜があったのですが、その夜以来、なかなかいつもの自分に戻れないような気がしていました。

（寝て起きたら元気になる方なんだけどなあ。美味《おい》しいものでも食べればばっちりで）

意識して、ステーキを焼いて食べてみたり、上等なケーキを買って帰ってみたりはしたのですが、目の前にあるご馳走《ちそう》を美味しそうだとすら思えませんでした。勿体《もったい》ないので、何とか食べて飲み下しましたけれど、それで力尽きてかえって寝込んでしまったりも――。

(こんなこと、ないのになあ)

漫画の仕事も、全然進みませんでした。

いま描いている連載がじきに終わることが決まったので、次の企画を考えなくてはいけないのですが、何も降ってこないのです。

(こんなこと、ほんとに初めてで)

疲れ果てて、でも眠たくなくて眠れなくて。だけどとにかく休まなくては、と布団に入って目を閉じると、怖い夢を見るのでした。

(ぼく、これからどうなってしまうんだろう)

漫画が描けない漫画家は、もう漫画家を名乗れません。このまま新連載の企画が浮かばなければ、廃業するしかないのかも知れません。

体調が悪いせいか、未来を悪い方にしか考えられませんでした。それくらい、漫画を描くことに苦労したことがなかったから、ということもいえるのですが、思えばそれは、学生時代に新人賞を受賞して、すぐに連載が決まり、それがヒットして——というような幸運そのもののコースを進んできた少年漫画家としては、経験したことのない出来事で。

（だからよけいに）

苦労したことがなかったが故の、高いハードルにいきなり出くわしたようなものなのかも知れないのでした。

目の前にある障害を、自分が乗り越えられる気がしなくて、有城先生はため息をつきました。番組の陽気でお洒落《しゃれ》なＢＧＭ。いつもなら心弾む番組のテーマが、いまは空々しい、自分とは縁の無いのうてんきに明るい旋律にしか聞こえませんでした。コマーシャルの少しばかり音量の大きい効果音と品物やお店の名前を連呼する声が耳障りで、聞いていると、目眩《めまい》がしそうでした。

それでも、オンエア前の打ち合わせの時間は、何とか元気なようにごまかせたつもりでいたのです。が——。いや、いま思うと、全然それができていなかったかも知れません。

茉莉亜も桜子さんも、もともと優しくて、気が利くたちで、何かとうっかり屋でテンポが遅い有城先生の世話を焼いてくれがちなのですが、今日は特に気にかけてくれているような気がしてきました。

（ああ、やっぱり……）

コマーシャルの間、手元の書類をまとめている茉莉亜が、その合間に、ちらりとこちらに視線を向けています。

はっきりと病人を気遣うような、心配そうな眼差《まなざ》しでした。

申し訳なく、かっこわるくて、いたたまれない、と身を縮めたくなりました。

「大丈夫ですか？　お具合悪いような」

「ああ、いえその」

「熱があるとか」

「いえ、健康です」

「またそんな見てわかる嘘を」

「ごめんなさい。微熱くらいはあるかも」

「なんで謝るんですか？」

「いや、申し訳なくて……」

茉莉亜は呆《あき》れたように口を尖《とが》らせました。

下げていたマイクのフェーダーに手を置き、目で有城先生に合図しました。――コマーシャルが終わります。本格的な番組のスタートです。

茉莉亜の口元が明るく微笑《ほほえ》みました。

いつものように、有城先生は、その笑みにみとれました。なんて完璧な美しい形、美しい色の唇なのだろうと思うのです。デジタルで彩色する場合、どう塗ればいいのか、無意識が勝手に手順を考えていました。

漫画は思いつけないのに、そんな連想は浮かぶ自分が可笑《おか》しくて、少しだけ笑いました。

茉莉亜はそんな有城先生の表情に、ほっとしたような眼差しを向けると、小鳥がさえずるようにリズミカルに言葉を続けました。

「さてさて、『トワイライト・ブーケ』、今日のテーマは、もはやこの季節の恒例といっていい、『怪談』です。ハロウィン近いですしね。それにしても、わたしも、こういう話題がちょっとは好きなんですけど、リスナーのみなさん、怖い話が、ほんとうに好きなんですねえ。たくさんメールやFAX、お手紙をいただいちゃって、わたしすごく嬉しくって。

ねえ、有城先生？」

「いやその、ぼくはそれほど嬉しくないといいますか……」

有城先生は力なく笑いました。

打ち合わせ通りに、怯《おび》えた感じで語る、その雰囲気にはいまの体調は、幸か不幸か、ばっちり合ってはいそうです。

けれど——ここ、千草苑の中にあるサテライトスタジオに辿《たど》り着くまでの間に、ずっと感じていた寒気が、「怪談」「怖い話」の一言を聞いた途端に、氷を押し当てたようにひときわ寒々と感じられたのでした。

（あんまり今日は、そういう話を聞きたい気分じゃないなあ）

もともと怖い話はあまり得意ではありませんでした。そういうものを「見る」たちの人間でもありません。

お化けを見るたちの友人によると、彼には昔友だちだった、雄の白猫の魂が憑《つ》いているという話なのですが、懐かしいその猫の姿を見かけたこともありません。

といっても、だからそういう存在を信じていないとか、鼻で笑っているということではなく——いわば畏怖《いふ》の念を抱《いだ》いているのでした。もっというと憧《あこが》れているのかも知れません。

たとえば、目の前にいる、花咲茉莉亜。彼女にもその手の憧れは抱いていました。由緒正しい千草苑を守る花咲家の一族の、いまの代の長女にして、カフェ千草のオーナーである彼女は、賢さと美貌《びぼう》を兼ね備えた素敵なひとでした。おまけにどこか普通の女性ではなく、異界の住民のような、不思議な気配《けはい》を漂わせているので、夢見がちなたちの有城先生は彼女に夢中でした。

思いを打ち明けるなんてとんでもないことなので、大切な言葉は胸の内に秘めたままなのですが。

花咲家の人々は、茉莉亜やその家族たちは、草花と語らい、彼らの力を借りて、さまざまな不思議を起こす、魔法のような力を持っているというのです。少なくともこの地に昔から住まう人たちはそう信じているようなのです。

おとぎ話のようなお話ですが、有城先生もまた、それを信じたいと思っていました。人類が月に行く時代に、何を夢のような、とひとによっては思うようなことですが、花咲茉莉亜という女性に会い、そのまなざしと笑みに魅入られてしまうと、誰だってそれを信じたくなるのではないかと有城先生は思っていました。

惚《ほ》れた弱みを持っている自分のような人間でなくても。きっと。

（そういえば、茉莉亜さんは、お化けも見えるって前にいってなかったっけ）

はっきりとはいわず、いいきらないままに、笑顔でごまかされたような。けれど、たしかに、それとなく、そんな話を聞いたことがあるような気もします。

たとえば、有城先生のそばにいつもいる（らしい）白猫の幽霊だって、このひとにはどうやら見えるらしいのです。ふと、かわいらしいものを見つめるようなまなざしで、有城先生の足元や、すぐ近く辺りを見ているような、そんな風に見えることがあります。――店の中から、ガラス越しに街のそこここを見るときに、何もないはずの空間を物思うような表情で、じっと見つめていたりとか。

（魔法使いみたいな、不思議な力を持っているひとたちの、その娘さんなんだものなあ）

茉莉亜を始めとして、この古い花屋さんの千草苑、そのゆかりの人々には魔法使いのような異能があると、この街の人々は当たり前のように話します。「あのひとたちは『そういうひと』たちだから。まあ神様みたいなものよね」。さらりとそんな話題になり、互いにうなずき合って、そのまま違う話題に変わる、というような。今更特別に話すまでもない、そんな事柄のようなのでした。

その辺り、この街、風早の出身ではなく、ここで子ども時代を送っていない有城先生にはいまひとつわからない感覚のような気がしていました。この街は、通りのそこここに、街角のあちらこちらに、伝説や不思議な噂がささやかれるような街。街のひとたち自身はそれと気づいていないようなのですが、みんな当たり前のように、神話や民話の世界に生きているように、有城先生の目には見えるのです。

(ぼくは、学生時代からの住人だからなあ)

大きくなってから、ここに馴染《なじ》もうとしても、まるで子どものようには方言を覚えられない移住者のように、どこか完全には溶け込めないようなさみしい気持ちが、有城先生の方にあるのでした。

(でもいつか)

たとえば、花咲家の人々がその不思議な魔法の力を使う場面に出くわしたりしたら、自分もこの街の人々のような、奇跡と魔法の世界の住人になれるのだろうか、と、有城先生は夢見るように思うのでした。

間にコマーシャルや道路情報、リクエスト曲などをはさみつつ、十月の夕方のラジオは楽しげに進みました。

「ちょっと」どころではなく、怖い話が好きで詳しい茉莉亜は、今日はひときわ楽しげに番組を仕切り、進行させていました。美しい見た目に反して、趣味がホラー映画の鑑賞、怪奇小説の愛読というひとです。

リスナー相手に盛り上げるのと同時に、有城先生が、そのてのひらの上で転がされるように、いわばいじられてしまうのも、いつものことでした。

いつもは楽しい、そんな進行さえも、今日の有城先生には、若干の重荷で、でも、そう思っていることを目の前にいる茉莉亜に気取《けど》られたくなくて、有城先生は頑張ってにこにこと笑い続けていたのでした。

コマーシャルの間に、茉莉亜がいいました。

「有城先生、無理なさらないでくださいね」

「無理なんて全然」

「嘘」

「うう」

「悪いご病気なのじゃないでしょうね？」

「あ、ありがとうございます。それはあの、大丈夫みたいなんです」

学生時代の親友の実家が総合病院を経営していて、親友はそこで働く医師のひとりでした。有城先生は最近、心配したその友人に引きずられるようにして受診して、数値的にも各種画像の写真的にも、問題はないです、と太鼓判を押されて帰ってきたのでした。

「心因性かも知れない、って、いわれちゃったんですよね」

「心因性――？　何か悩み事でも」

まあそれはあるんですが、と、有城先生はうつむいて笑いました。

「――じゃなかったら、何かにとりつかれたんじゃないか、っていわれちゃいました」

「それはまた」

有城先生は頭に手をやって笑いました。

「漫画家的には、とりつかれたって原因の方がいっそ嬉しいかなと。それでとりついたお化けが見えたりしたら、それで一作描けますから。実はいまちょっと初めてみたいにスランプで、何を描いたらいいかわからなくなってるんで、ネタなら何でもほしいです」

「まあ。スランプ、ですか……」

「いままで漫画を描くのに苦労したことなんてなかったので、ちょっときついなって」

子ども時代から、漫画を描くことで悩んだことなんてありませんでした。何を描けばいいのかわからないなんて思ったこともありません。目を閉じれば物語が浮かんだし、料理を作ったりお皿を洗ったりしていれば、ふいに主人公たちの会話が聞こえてきたりしました。散歩をしていれば、空や街角に、かっこいいアクションシーンが見えてきたり、主人公とその恋人が登校途中にじゃれ合うシーンが見えてきたりしました。有城先生はそれを覚えておいて、原稿にまとめれば良かったのです。

それがいまは、お気に入りの散歩道——真奈姫川《まなひめがわ》沿いの遊歩道を歩いていても、頭がからっぽなままでした。いつもなら、街路樹の柳たちの揺れる葉に見とれ、草むらの緑たちの色彩の美しさに目を奪われ、水のせせらぎの音を聴いているだけで、自然と物語が浮かび上がってきたのに。

（漫画って、どうやって描くんだったかな）

（物語って、どうすれば降ってくるんだったろう）

　担当編集者は、実は昨年代わったばかりでした。新人時代からいつもそばにいて、育ててくれていた、若いお兄さんのような編集者ではなく、あまり目を合わせてもくれないような、年長の編集者がいまの担当です。有城先生はデビューから数年を経て、人気作家になったので、ということで、勝手に担当が代わったのでした。そこに、有城先生の意志が介在する余地なんて、全然ありませんでした。

　新しい担当編集者は、ヒット作を過去にいくらも出してきたというベテランでした。けれど、売れること、とか、流行、とか、そういう話ばかりするので、打ち合わせをしているとき、あまり楽しくありませんでした。

　有城先生の漫画を褒めてくれるときも、前の担当さんは目を輝かせて、エピソードやキャラクターをひとつひとつ列挙して褒めてくれたのに、その担当さんは、そんなことにはふれません。いかに有城先生の単行本が売れているか、アンケートがいいか、そんな話しかしないのでした。

それは有城先生だって、自分の描いたものが売れている、という話は聞けば嬉しいです。専業作家ですから、生活にも関わることですから。

そして、その担当編集者が、数字のことばかり話題にするのは、悪気があってしているわけでもない、ということはわかるのです。つまりこの担当さんにとっては、「売れる」ということが「良い漫画」かどうかを測るための、いちばん大事な基準なんだな、ということが伝わってきたからでした。

(だから)

有城先生は、いつもありがとうございます、と、笑顔でそういう話題を聴いていたのです。相手が有城先生に喜んでほしくて、そういっているだろうことが想像できたからでした。

幸い、有城先生の連載は人気があったので、ある程度、好きに描かせてもらえていました。なので、ラフや物語、絵についてあれこれ口出しされることはなく、そのかわり、物語を褒められることがなくても、まあいいか、と思っていられたのでした。

でもだんだん、少しずつ、描くことがつまらなくなってきました。自分は何のために、この連載を続けているのだろうと、ふとしたときに考えるようになっていたのです。すると少しずつ、描くお話がつまらなくなってきました。登場人物の表情や動きに魅力が無くなってきました。自分でもそれがわかっていて、どうしようもありませんでした。直そうという、その気力も無くなっていったのです。

アンケートの結果は悪くなってゆき、インターネット上でも「つまらない」「もう読むのやめた」「有城竹友はいったいどうしたんだ」といわれるようになっていって、ついに、連載の打ち切りが決まりました。

そして新しい企画を、といわれたわけですが――何も浮かびませんでした。心も頭も、空っぽになってしまったようで。

新しい担当編集者と高級なお店での打ち合わせの場で向かい合っていても、何も浮かんできませんでした。編集者は、最初の頃は、売れ筋の設定や目新しそうな設定をリストアップしてプリントアウトした書類を持ってきてくれたりしたのですが、それを渡しても、有城先生がまるで上の空だったりしたこともあって、次第にそういうこともしてくれなくなっていきました。打ち合わせの回数も減っていきました。最近ではもう、向かい合っていても、有城先生はうつむくだけでしたし、編集者は会食の途中でも他の仕事の連絡が入れば、席を立ち、店の外へ電話をかけにいったりするようになっていました。

担当が、前の若い編集者だったときは、ファミレスやラーメン屋さんで、いくらでも盛り上がって話が出来て、企画なんて頭からこぼれだしそうなほど、わき上がってきていたのに、その年長の編集者と話していても、何も浮かんでこないのです。

料亭や、ステーキ専門店、フレンチレストランで食事しながらの打ち合わせになるのは、最初は誇らしい、友人たちに自慢したりもするようなことであったのですが、だんだん、食べ物の味がわからなくなっていきました。

ある段階で気づいてしまったことが良くなかったのかも知れません。——このひとは、売れるコンテンツがほしいだけだ。面白い漫画や、感動的な作品がほしいわけじゃない。最高の漫画を読みたいわけじゃないんだ。

そういうものを描きたいと、子どもの頃から思い続けてきた有城先生でした。コンテンツを生産するためだけの機械や、工場になることは自分にはできないと思いました。

しかし、漫画が描けないと、有城先生は職を失ってしまいます。もしそうなっても、故郷にいる家族は優しく迎えてくれるだろうと思いましたけれど——それはできないと思いました。家族のことが好きだからこそ、できないと思ったのです。

有城先生の両親はほんとうの両親ではなく、お兄ちゃんと慕ってくれる妹と弟とは血が繋《つな》がっていません。小学校の高学年の時、家の事情で遠縁の家庭に引き取られ、そこで愛されて育ちました。

実の子と分け隔てなく、かわいがってかわいがって育ててもらいました。大学時代、在学中に新人賞を受賞して、のちに漫画家になったことを、泣いて喜んでくれた、両親であり、きょうだいです。自分に向けられる眼差しと同じだけ、そのひとたちを愛しいと思ってきました。

だからこそ、甘えてはいけないと思いました。おとなになったいま、多少なりとも家計の足しになるようにと、送金できるようになった自分、そんな自分で在り続けなくてはいけないと、有城先生は思っていたのです。

（なのに——）

ふだん有城先生は誰かに愚痴《ぐち》る方ではありませんでした。むしろ聴き役、誰かの悩みを何時間でも、何だったら一晩中でも聴いて、相手が望むなら、慰めてやり励ましてやり、元気になったその背中を見送ったりする。それが有城竹友という人物なのでした。

子どもの頃から、そういう役どころで、そんな自分が好きでもありました。

けれど——。

今回ばかりは、どうしても元気になれませんでした。

気がつくと思考が「そこ」に戻っていってしまうのです。連載が打ち切りになってしまうということ。次の連載の企画を立てなければいけないということ。そして、何も浮かばなければ、もう漫画家を続けていけないだろう、という、自分が導き出した、辛《つら》い結論に。

よりによって、茉莉亜に、それもコマーシャル中とはいえ本番中に、こんな愚痴をこぼしてしまうなんて。

有城先生は自分が情けなくて、気合いで立ち直ろうとしました。剽軽《ひょうきん》な笑顔を見せて、

「でも、いくらネタになるからって、とりつかれちゃうのも怖いですかねえ」

いまのは冗談でした、というように笑ってごまかそうとしました。

するとと茉莉亜が、テーブルの向こうから、大きな目で、じっと有城先生を見つめました。

「大丈夫ですよ。もし何かにとりつかれるようなことがあったとしても、有城先生は、わたしが守って差し上げますよ」

かたちのよい唇が笑みのかたちを作りました。

「だって、先生のこと、わりと気に入ってるんですもの。わたし」

「えっ」

息をのんだとき、コマーシャルが終わり、番組のジングルが軽快に鳴り響きました。

「約束してもいいですよ。——まあ、先生はお友達が多くていらっしゃるみたいですから、今更わたしが心配なんかしなくても大丈夫かな、とは思うんですけどね」

うたうように茉莉亜が言葉を続けましたが、その意味さえ、有城先生のぼーっと熱を持った頭には理解できませんでした。

ヘッドセットをかけ直して、茉莉亜が、なめらかにトークを始めました。

「そういうわけで、特集『怪談』。ここでおなじみちょっと怖がりの有城先生の体験談を聴くコーナーに移行したいと思います」

「は、はい。えと。――あれ？」

段取りはできていたはずなのに、頭が真っ白になりました。――そう、そのときまでは、田舎で育った小学校時代に聞いた、学校の七不思議について話す予定だったのです。夜中に鳴るピアノとか、走る人体模型とか、謎の十三階段とか、そういうレトロな、よくあるお話を。

そこから茉莉亜が、FM風早のスタジオで待っている、駅前にたつ百貨店の中にある銀河堂《ぎんがどう》書店の書店員さんに声をかけ、秋の児童書の新刊（学校の怪談をモチーフにした新刊が出るとか）紹介の話題につなげる、という、そういう流れになっていたのです。そうキューシートに書いてあります。

が。その瞬間、有城先生の目には、キューシートが読めなくなっていました。

（ああでも、ええとその、とにかく何か話さないと、放送事故になってしまう……）

ラジオでは、一定の時間無音の状態が続くと、事故扱いになるのです。たしかこの場合だと、ディレクターの桜子さんが責任をとらなくてはいけないはずで。

焦る気持ちと、さっきの茉莉亜の言葉と笑顔が、脳と胸の中でぐるぐるしていました。

とっさに口から出たのが、

「昔、こっくりさんと友達になったことがあって」

という言葉でした。

「――こっくり、さん？」

茉莉亜がぱちりとまばたきしました。そして、すぐに面白いというように目を輝かせて、乗ってきました。

「有城先生、人好きがしそうですものね。あ、こっくりさんですから、妖怪好きというか、神様好きというか。いずれにせよ、懐かれやすそうな雰囲気を漂わせてらっしゃいますものね。で、なんでまた、そんなことになったんですか？」

「あー、それは、ええとですね」

もともと熱っぽかったせいもありました。一度話し始めたら、言葉が滑るように勝手に次々に出てきました。スタジオの魔術のようなものかな、と思いました。

それは以前から感じていました。マイクの前にいると、自分が話さないと、何か話さないと、という、焦る気持ちが、とにかく舌の上に言葉を載せていくのです。

「子どもの頃——小学校のあれは四年生の時のことだったと思います。クラスの男子の間で、こっくりさんが流行《はや》ったことがありまして」

「こっくりさんというと、あれですよね？　紙に鳥居の絵を描いて、みんなで十円玉に人差し指を置いて、『こっくりさんこっくりさん、いらっしゃい』と呼ぶ」

「そう、それです。『はい』『いいえ』それに、五十音も並べて書くあれですね。こっくりさんがやってくると、十円玉が、力を加えてなくても、すうっと動いて、質問すると答えてくれたりするんです」

「そうそう」茉莉亜が身を乗り出しました。

ほんとうにこういう話が好きなのでしょう。目がきらきらとしていました。

「そこにいるみんなが知らないはずのことも、教えてくれたりするんですよね。こっくりさんは神様だから、何でも知ってるの」

「簡単な質問の答えは、はいといいえのどちらに動くかで教えてもらえるし、文章や単語で答えてくれるときは、五十音の上を十円玉が動く」

茉莉亜はうんうん、とうなずきました。

「十円玉が、すうっとまるで浮いているように、滑っていくんですよね。あの感覚、懐かしいなあ。久しぶりにこっくりさん、してみたくなりました」

無邪気な表情がかわいくて、有城先生はしばし鬱屈《うっくつ》を忘れました。

でも、茉莉亜の笑顔と瞳の煌《きら》めきに見とれていると、放送事故の危険があります。

有城先生は、軽く咳払いをしました。

「まあそういうわけで、ぼくら男子は、放課後の教室で、毎日みたいにこっくりさんと遊んでいたわけです。たいしたことを訊いてたわけじゃないんですけどね。返事があるのが嬉しかったんでしょうね。明日の天気とか、そういうことまで訊いてました。クラスで人気のかわいい女の子には好きなひとがいるかどうかとかね。はい、と出たので、みんなでどきどきしたこととか覚えてますね。——そりゃもう、みんな自分がその子の意中のひとかも知れない、って思ったんですよ。ええその、ぼくも……。

産休中の担任の先生の赤ちゃんは男か女か、どちらが生まれてきますか、とか、そんな質問もしましたね。そのときは、十円玉が紙の上をぐるぐる回って、結局、わからないような感じになりましたね」

実は、と、有城先生は声を潜《ひそ》めました。

「あとでわかったことなんですが、生まれた赤ちゃんは、男の子と女の子の双子だったんです。あのときぼくらは、『男の子ならはいで教えてください』と頼みました。でも、はいといいえの二択じゃ、答えようがなかったんですね」

「うわあ、いま素敵な感じで、背中がぞくっとしちゃいました」

嬉しそうな声で、茉莉亜が応えました。

「それで、有城先生、友達になったこっくりさんって、そのこっくりさんのことだったんですか?」

「ええ、そうです。いやたぶん、そうなんじゃないかなと思います」

「それはあの、一体どういうわけで。そしてそのこっくりさんは、何でまた、有城先生のお友達になったんですか?」

「あれはですねえ」

ゆったりと有城先生は、自分の中の記憶と言葉を、たぐり寄せるようにして思い出そうとしました。

「そう、ちょうどいまくらい、秋のことだったと思います」

気がつくと、ずいぶん久しぶりで、その「古い友達」のことを思い出したような気がしました。

（あの頃は、毎日一緒だったのに。大事な友達だったのに）

いつの間に、こっくりさんのことを忘れていたんだろう、と思いました。

「その夕方も、こっくりさんをしていたら、急にこっくりさんが、『かえりたくない』っていいだしたんですよ。『ひとりきりのおどうにかえるのはいやだ。このまま、ずっとみんなとあそんでいたい』って」

有城先生は、マイクに向かってしゃべりながら、この街でラジオの前にいる、たくさんのリスナーの呼吸を感じていました。

自分が話すことを、一言も聞き逃すまいと、じっと耳を傾けている人々の表情が見えてくるようでした。

（何だか漫画を描いてるときの気分みたいだな）

有城先生はほろ苦い思いで微笑みました。

もう自分は漫画を描くこともなくなってしまうかも知れないけれど、でも、懐かしい感覚を思い出せて少しだけ幸せな気持ちになりました。

目を上げて、真向かいからこちらを見守っている茉莉亜を見て、言葉を続けました。

「もともとそのこっくりさんは、子どもの神様だという話でした。何回か前に質問したら、そう答えたのです。学校の近くのどこかに、古いお堂があって、自分はそこにいるのだと答えてくれたことがありました。みんなで、かわいい子狐《こぎつね》を想像して、楽しくなっていた時期もありました。――でも」

それもこれも、こっくりさんが毎日ちゃんと帰ってくれたから、の話でした。

その日のこっくりさんは、みんなの指の上、十円玉の上から帰ろうとしませんでした。

いつもなら、みんながこっくりさんで遊ぶのに飽きて、家に帰ろうと思う頃、「こっくりさん、お帰りください」というと、鳥居の方へと十円玉が自然に動いていって、そして十円玉がふわっと軽くなり、みんなの指から離れるのです。

なのに、あの日は――。

「あの日は、こっくりさんが、帰ってくれなかったんですよね。帰って欲しくて、鳥居の方に十円玉を向けようとしても、恐ろしいような強さで、五十音表の方へ、十円玉が戻ってしまう。そして、『かえりたくない』『さみしい』『つらい』『ひとりぼっちはもういやだ』と、どんどん言葉が浮かび上がってきて。『みんなかえらないで　ここにいて』『ずっといっしょにいよう』『ともだちでいよう』とかいうんですよ。教室は、窓から入る夕陽の赤に染まって、恐ろしい感じでしたね。いつもなら、夕焼け空の美しさに見とれたりするのに、あの日は、みんなこっくりさんの十円玉だけを見つめて、青ざめていました。

怖がりの子は、もう帰る、といって、無理にそこから立ち去ろうとしました。——けれど、指が十円玉から離れないんですよ。その子の指が、紙の上を離れないんです。すいついたようになっていて。

その子は怖いと泣き出してしまうし、もちろんそれを見守っている、他の男子たちだって、怖くて泣きそうな顔をしてました。

そこにいたひとりがいいました。『どうしよう。家に帰らないと、夜になっちゃう』他の子がいいました。『塾があるのに』

秋のことでした。少しずつ教室が寒くなっていって、暗くなっていって。みんな心細そうな表情を浮かべていましたね。

ぼくですか？　ぼくはほんとうをいうと、たぶんその中でただひとり、そのまま家に帰らなくても大丈夫だったんです。

あの頃ぼくの家は――生まれた家ってことですね。ちょっと事情があって、両親がほとんど家にいなかったんですね。お金だけ置いて、ふたりとも姿を消してしまう。それぞれに恋人がいる。帰るところがある。そんな変な家でした。母が当時自嘲気味にいっていた言葉を覚えてるんですが、『わたしたちは親のなり損ないね』と。もし親になるのが免許制だったら、とても親にはなれていない、ともいっていました」

実の両親のことを思うと、いまも有城先生は胸の奥に鈍い痛みを感じます。

父も母も、ひとり息子の有城先生のことを、嫌いではないようでした。それは食費としてお金をきちんと渡してくれていた、そのことからもわかります。ふたりとも、けっして裕福なおとなではなかったのですから。そうして有城先生も両親のことが大好きでした。

ただふたりとも――もう、有城先生と三人で暮らす、そんな未来は考えていないようでした。そもそも、有城先生が物心つく頃には、どうやら両親の人間関係は崩壊していて、ただそこに幼い有城先生がいるから、ぎりぎり繋がっているような状態だったのでした。

結局、両親は少しずつ家に帰ってくる機会が減ってゆき、有城先生は遠縁の子ども好きな家庭に引き取られることになったのですが、あの頃、ひとりきりで家にいた、そのときの気持ちは忘れられません。

両親が好きで家にたくさん置いていた漫画雑誌。そして単行本。本棚にたくさんあった、それらがなければ、子ども時代の日々は、どれほど殺伐として何もない時間になったろうと思うのです。

(でも、ぼくには漫画があったから)

先人の漫画家たちに大切に描かれてきた作品群にいつも囲まれていたから、生きてくることができたのです。そしてやがて、自分でもノートに絵や漫画を描くようになり——漫画家になりたいと夢見るようになって、その夢が、どんなにさみしいときでも、あの頃の有城先生を支えてくれたのでした。

(でも、さみしかったんだよな)

ひとりきりの家を守っていることが。

帰らない両親を待っていることが。

「こっくりさんって、ほんとうは気のせいだとか、誰かが十円玉を動かしているだけだ、とか、いろんな説があるじゃないですか。

ぼくたちも、正直いって、その日までは、半信半疑でこっくりさんごっこをして遊んでいたんだと思うんですよね。

でも、初めてのように、思うとおりにならず、ずっと遊んでいたい、そこから帰りたくない、といいだしたこっくりさんの十円玉の動きを見たとき——。

みんな、冷や水を浴びせかけられたような表情になっていたんです。そうなってみて初めて、自分たちは、とんでもないもので遊んでいたんじゃないかって、気づいたんですね。

で、みんなその場から逃げたかった。十円玉も、こっくりさんと会話するための紙も放り出して、教室を出たかった。

でも、逃げられなかったわけですね。十円玉から指が離れない。

泣きそうな顔をしているみんなを見回して、ぼくは考えました。

そしていったんです。こっくりさんに話しかけました。

『いいよ。ぼくならずっと遊んであげる。こっくりさんの友達になってあげるよ。その代わり、ここじゃなくて、うちにくる?』って。

そしたら、すごい勢いで、十円玉が、はい、の方へとすっ飛んでいきました。

それきり十円玉からみんなの指が離れました。――で、あれは誰の十円玉だったんでしょうねえ。十円玉もこっくりさんのための紙も、みんなが気味悪がって持って帰ろうとしなかったので、ぼくが持って帰りました」

「こっくりさんといっしょにですか？」

有城先生はにっこりと笑ってうなずきました。

「ぼくは、わかってしまったんですね。『彼』か『彼女』かはわかりませんが、ひとりぼっちで待つのは寂しい、って気持ちが。ずっとみんなと教室で遊んでいたい、って気持ちも。

それからは、その十円玉と紙を使って、ぼくは家でひとりでこっくりさんとお話をしました。――まあね、自分でそうしながらも、これは無意識が動かしてるんじゃ、とか思ってしまう瞬間もあったんですけどね。でも楽しかったんです。家にいつも誰かがいる雰囲気、というのが。こっくりさん的には、お友達のつもりだったのかもしれませんけれど、ぼくはどこかしら、友達兼家族と会話してるみたいな気持ちになったりしてましたね」

その後すぐ、学校でのこっくりさんは禁止になりました。あの日、こっくりさんに「かえりたくない」といわれて怖くなったひとりが、両親にその時の様子や怖かったことを話したのがきっかけになって、学校からのこっくりさん禁止令につながっていったのでした。

（いま思い返しても、禁止にする理由はないと思うんだけどなあ）

毎日放課後に、教室にこもってこっくりさんだけを延々としていた日々は、もしかしたら、子どもの心とからだの発達にはあまり良くなかったかも知れません。――ええ、子どもは外で遊んだ方がいいに決まっています。常識的には。

でも有城先生は、人間はそこまで常識に従って生きていかなくてもいいんじゃないのかな、子どもだって、と思うたちでした。

外には遊びに行かなかったけれど、謎めいた存在と会話した、あの放課後の時間は、いまもずっと心の奥底に残っている、大切な記憶だと思いました。

そしてたぶん、そんな記憶の一つ一つが、漫画家としての有城先生を構成する要素のひとつになっていると自分で思うのでした。

話の合間に、交通情報を挟んだりしながら、有城先生とこっくりさんとの思い出話は続きました。

「いま振りかえると、何だか奇妙で、でも楽しい日々でしたね。ぼくはひとりきりの家で、料理を作ったり洗濯をしたり、漫画を描いたりしながら、こっくりさんと会話していたわけです。どこか、心の中の冷静な部分では、嘘っぽいごっこ遊びかも、なんて思ったりしながら。で、こっくりさんに漫画を読んで貰《もら》ったりしてたんですが、これがけっこう辛辣《しんらつ》な感想を聞かせてくれたりしたんですよね。

で、そんなとき、変だなあ、とは思ってました。何だかちゃんとこっくりさん、という人格があって、一緒にいるみたいだなあ、って。もしかして、とかね。

あの頃、友達は前後してもうひとりいたんですよね。ぼくらはあの家で、三人いつも一緒だったんです」

話しながら、有城先生は、もうひとりの友達のことも、最近夢で見るようになるまでは、すっかり忘れていたなあ、と思いました。

子どもの頃は、あんなに大切な存在だったのに、なぜ、いつのまに、自分は彼らを忘れていて、そのそばから遠ざかっていたのでしょう。

「もうひとりのお友達……？」

茉莉亜が興味を引かれた、というような表情を目元に浮かべました。

「それはどういうお友達だったんですか？　もしかしてやっぱり、こっくりさん的な」

「いやその、あれは……」

有城先生は照れくさい思いで笑いました。

「おもちゃだったんです。ゴミ捨て場に捨てられてたのを拾ってきた、古くてぼろぼろの、ロボットのおもちゃでした。

でもね、大切な友達だったんです」

いまはもう、有城先生のそばにはいない友達ですけれど。あの頃は、夜一緒に眠った、大切な仲間でした。

高学年になり、住んでいた家を出て、新しい優しい家族に迎えられて――気がつくと、ロボットはそばにいなくなっていたような気がします。でもその頃には、有城先生はもう、新しい家族に愛されて、その輪の中に溶け込んでいたので――そこまで悲しくはなかったような、かすかな記憶が残っていました。

転校した先の学校で新しい友達がたくさんできた時期でもありました。

思えばその頃に、こっくりさんとも会話をしなくなっていたのでしょう。そのまま忘れていってしまったのでしょう。

ここで茉莉亜がうまく話をつないで、スタジオの銀河堂書店の書店員さんとの会話に移行してゆきました。

そしてコマーシャルを間に挟んで、また番組は千草苑の中のサテライトスタジオへと戻ってきました。

ここで、前半に紹介したリスナーたちからの怪談や、有城先生とこっくりさんとの話に寄せられた、リスナーからの反響の数々が紹介されました。

こっくりさんは遊んだことがある、そういえば、鳥居に帰らなくて困ったこともある、そのあとどうしたか覚えていない、なんて話もいくつかありました。

「『こっくりさんはまともな神様ではなく、獣の霊などの低級な霊であることが多いので、気をつけなくてはいけないと、前に本で読みました。とりつかれたり、祟《たた》られたりするそうです。その後、有城先生は大丈夫だったのでしょうか。気になります』

生？」

西風早のふぐ子さんから質問が来ていますが、その辺どうだったんですか、先生？」

茉莉亜がTwitterで寄せられた質問を読み上げて、有城先生を見上げました。

「それはたぶん、大丈夫でした」

有城先生はうなずきました。

「あの日々は楽しかったです。ほんとうに」

おとなになったいま振り返ってみると、子ども好きの親戚の家に引き取られることになった、その幸運だって、こっくりさんが運んでくれたような気がするのです。

あの頃、こっくりさんは、『ちかいうちによいことがある』と話しかけてきました。

『きみはまようかもしれないけれど　そのはなしをことわつてはいけない』

「その話って何？」

そう訊《たず》ねても、十円玉は答えてくれませんでした。代わりに一言、こんな言葉が返ってきました。

『しあわせがまつているから』

思えば、その直後だったのです。遠い街に住んでいた親戚一家が近所に遊びにきて、たまたま街で出会った、それがきっかけで、やがて引き取られることが決まったのは。

（あのこっくりさんの言葉は、そういう意味だったんだなあ……）

お化けを見ることのできない有城先生には、子どもの頃、自分のそばにいたかもしれない存在がどんな姿をしていたのかわかりません。きっと一生知ることはないでしょう。

よくいわれるように、その正体が「低級霊」なんて、恐ろしげなものだったとしても、つまり見た目も、ほんとうは化け物のようだったとしても。

でも、有城先生の記憶の中では、あの日々のこっくりさんは、小さな子狐の姿をした、さみしがり屋の、愛らしい神様なのでした。

シビアな感想をいいながらも、有城先生の漫画が好きで、面白い、もっと読ませてといってくれた、世界で最初の、読者なのでした。

そして、有城先生に幸福が訪れることを予言し、祝福してくれた、そんな存在で――いつのまにか、有城先生に忘れ去られてしまっていても、それを恨むでもなく、ましてや祟るでもなく、黙って消えていってしまった、そんな優しい存在なのでした。

ひとりきりのお堂に帰るのはさみしい、帰りたくないといっていた神様は、いまはどこにいるのでしょう？

ひとりきり、帰っていったのでしょうか。いまは遊んでくれる子どもはいるのでしょうか。

（あの頃みたいな気持ちで、また漫画が描ければな）

子どもの頃、ただ面白い漫画、かっこいいキャラクターを描きたいと、それだけで大学ノートにコマを割って漫画を描いていた日々。こっくりさんの感想を、胸をどきどきさせて読んでいたあの頃。あのときの気持ちや情熱はどこにいってしまったのだろうと思いました。

自分の中を捜しても、見つからないような気がして、有城先生はうつむきました。

茉莉亜が明るい声で話しかけてきました。

「有城先生の子どもの頃の恐怖体験……じゃない、こっくりさんのお友達のお話が、リスナーの皆さんに大好評みたいですね」

「あ、はい。ありがとうございます」

面はゆいような、でもやっぱり何より嬉しいような気持ちで、有城先生は頬を赤くしました。あのときの友達はほんとうにいまはどこにいるのでしょう。世界のどこかで、有城先生が話したことを聴いて、少しくらいは嬉しく思っていてくれたりしたら嬉しいな、と思いました。

「それで先生、先生はさっき、子どもの頃に、こっくりさんのほかにもうひとり友達がいたって、話してくださったじゃないですか？」

「ああ、ロボットですか」

「そうそれです。ロボットのお友達。そちらもうかがいたいです、わたし」

「そうですね」有城先生は、口元に手を当てて、しばし考え込みました。

「でもそちらはもしかしたら、あんまりかわいくも素敵でもない話になるかもしれないですが、聴きたいですか？　もしかしたら、今日の特集にふさわしかったのは、こっくりさんよりあのロボットの話の方かもしれない、とは思うんですけど……」

まあ、怖い話なので、と有城先生が軽くつぶやくと、茉莉亜が身を乗り出してきました。

「何だか面白そうじゃないですか。ぜひ」

ええと、それでは、と有城先生は咳払いをしました。

これだけみんなに喜ばれると、やはり嬉しくはありました。根っからのエンターテイナーで、誰かを喜ばせることが至上の命題、といった自分の作風を、思い返しました。

「ロボットは学校のそばのゴミ捨て場に捨てられていたおもちゃでした。もとは小さい子どものいる家のおもちゃだったんでしょうか。昭和の時代のデザインの、その頃の翻訳物のSF小説の表紙に描かれていそうな、そんなかたちのロボットでした。金属でできていて、頭にはふたつの回るアンテナ。目と口元は電球が仕込まれていて、赤やオレンジに点滅するんです。両方の腕は先がU字形のマジックハンドで、磁石が仕込んでありました。

新品の頃はきっと、ぴかぴかしていてかっこよくもあったんだと思います。でも、ゴミ捨て場で見つけたときは、メッキも塗装も剝《は》げて、手足も折れて、ぼろぼろなありさまでした。——おとなになったいまならば、あのロボットも元の家で十分活躍し、その家の子どもに愛された後の姿なのでしょうから、ひどいありさまの彼を見ても、仕方がないことだと理解できたでしょう。

でもそのときのぼくにはそんな知識も想像力もまだありませんでした。子どもでしたからね。ただ野ざらしのゴミ捨て場に捨てられたロボットが、ひとりぼっちでさみしそうで、かわいそうだと思いました。

ところが、近くを一緒に歩いていたクラスメートの子が、同じタイミングで、そのロボットを見つけたんですね。彼は喜んでロボットを拾い上げ、蹴って殴って引っ張って、壊してしまおうとしました。男の子というのは、時として残酷なこともするものです。ぼくにだってもちろん、そんな一面はありますし、その子が普段は優しい、リーダータイプの少年だったということはいっておきたいです。

ぼくは、ロボットを助けてあげたいと思いました。なので、とっさに身を投げ出してかばったんです。やめてくれ、と頼みました。

その子は、頭にきたようでした。多少は自分がしようとしたことが後ろめたくもあったんでしょうね。ぼくは、その子にぽこぽこと殴られたり、蹴られたりしてしまいました。おもちゃのロボットの代わりみたいにね。

でも、通りかかったほかの子たちが止めてくれたのと、殴ってきた本人も我に返ったこともあって、わりとすぐに痛い目からは解放されました。で、ぼくはロボットを連れて帰り、少しずつ修理してあげました。その日からロボットは、ぼくの友達っていうか、家族になったんです」

「まあすてき」

茉莉亜はマイクの向こうで手を合わせました。

「有城先生、勇敢でいらしたんですね」

いえ、と有城先生は恥ずかしそうにうつむきました。

「その子、喧嘩《けんか》がすごく強い子だったんですよ。一方ぼくはそっちは全然自信が無くて。そしたら、ロボットの代わりに殴られるしか、守ってあげる方法がない、ととっさに思ったんですね。――いま考えると、ちょっと無茶でしたね。ははは」

ロボットを連れ帰ったその夜も、両親は家に帰りませんでした。有城先生はひとりで自分の怪我《けが》の手当てをし、ぼろぼろになったロボットをできる限り直しました。

一緒に寝たその夜、夢を見ました。

ロボットがむくっと起き上がって、お礼をいったのです。ありがとう、と。

頭のアンテナをくるくると回転させ、赤い目とオレンジ色の口元に光を灯《とも》し、点滅させて、甲高い、でも優しい声でいったのです。

『ねえ、竹友くん。ぼくはずっときみのそばにいるよ。ずっとずっと友達だよ。そしていつかきみがぼくを助けてくれたように、ぼくがきみを守るから。ロボットの誇りにかけて、約束する』

ありがとう、と眠りながら、有城先生も応えたのでした。

「ぼくもずっときみの友達でいるよ。もうきみに怖い想いや寂しい思いはさせないから。捨てたりなんかしないから。約束するよ。ずっといっしょだ」

そう。そんな風に誓ったのだ、と、有城先生は懐かしく、少しほろ苦く思い出しました。

ずっといっしょだと誓って――でも、あのロボットはもう、彼のそばにはいません。ずっと忘れていて、自分だけが幸せになったものだから、綺麗《きれい》に過去の世界に置き去りにしてしまっていました。

それがいけなかったのかな、といまの有城先生は思います。

「最近、夢を見るんです。怖い夢、なんですよね」

サテライトスタジオで、有城先生は、マイクに語りかけました。

話しながらどこかで、懺悔《ざんげ》のような、そこにはいないロボットに詫《わ》びるような、言葉がそんな色彩を帯びてくるのを感じていました。

「ぼろぼろになって、錆《さ》びた金属の塊《かたまり》が、這《は》うようにして近づいてくるんです。その場所はいろいろで、山奥だったり、田舎の道だったり、繁華街の路地だったり。場所はいろいろなんですが、ある日気づいたんです。その金属の塊が、少しずつ、ぼくの住むマンション――風早の街のその部屋に向かって近づいてきている、ということに。

錆びた金属の塊は、ぼくが昔住んでいた、小さな田舎の町から、風早に向かって、少しずつ移動してきているんです。夢を一度見るごとに、少しずつ近づいてきているんです」

「まあ」

「最初は何だか気持ちの悪い夢だなあ、とだけ思っていたんですけどね。でもある日、気づいたんです。あれはただの錆びた金属の塊じゃない、ロボットだって。

そうぼくが子どもの時に大事にしていた、友達でいる、ずっといっしょだ、と約束したあのロボットのおもちゃのなれの果ての姿だったんです。

それが、夢の中で、少しずついまのぼく、おとなになったぼくのそばに来ようと近づいてきている、そんな夢をぼくは続けて見ているんです」

「あらあら」

「今朝もその夢を見て、うなされて起きました。今朝の段階では、もうロボットは、ぼくの住む部屋のあるマンションの、そのいちばん近い信号機のある辺りまで辿り着いていました」

「うわあ」と楽しそうに茉莉亜がいいました。

「怖いですねえ。ちょっと怨念《おんねん》を感じるというか」

「まあ、そうですよね」

有城先生は肩をすくめました。

「だけど」

茉莉亜が言葉を続けました。

「そのロボットは先生のお友達だったわけでしょう？　子どもの頃の。それが何ていうのかしら、怨霊《おんりょう》っぽく迫ってくる、何てことがあるのかしら、とわたしはちょっと思いました」

「そうですねえ。でも、ぼくは思うんです。――約束を破ったんだから、しょうがないんじゃないのかな、って」

「約束？」

「ずっといっしょにいる、ずっと友達でいる、とロボットのおもちゃに誓った、子どもの頃の約束です。ぼくはそれを、守ることができませんでしたから」

だから子どもの頃の友達に、夢の中で恨まれても仕方がないんじゃないかな。ぼろぼろの姿になって、文句をいいたくて追いかけてきても、仕方ないんじゃないかな。

（忘れるっていうのは、捨てるのと同じだから）

どこか気弱に、有城先生はそう考えていたのでした。

気味の悪い夢、連続する夢を何日にもわたって見るうちに、うなされて目覚めるたびに、そう思うようになったのでした。

子どもの頃、捨てられたロボットを、かわいそうだ、ひどいと助け上げたつもりでいました。でも自分だって似たようなことをしていたんじゃないか。――そう思ったのでした。

ロボットのおもちゃと悪夢、というどこか不気味で愛らしい「怪談」は、ラジオのリスナーたちにまたも反響を呼びました。

怖いとか、不気味だけどかわいい、とかのいろんな感想や、自分も似た経験がある、おもちゃには魂が宿るものです、なんて内容のＦＡＸやツイートを、茉莉亜は上手に拾い上げ、すくい上げて、番組をたくみに盛り上げました。

怪談なんて、まとめるパーソナリティによっては、悪趣味で怖い、後味の悪いテーマになりそうなものです。

それでも茉莉亜が場を仕切っている限り、けっして節度を失わない、品が良くて楽しい時間が、サテライトスタジオの中に流れ、風早の街へと流れてゆくのでした。

千草苑の古く広々とした店内のそこここに置かれた、つややかな葉の観葉植物たちや、ショーケースの中のいろとりどりの花々、足元に並べられた鉢やプランターの中の花や緑たちも、まるで優しい風に吹かれているように、幸せな様子で、茉莉亜の声を聴いているように、有城先生には思えました。

不思議を見る目を持たなくても、茉莉亜と植物たちの優しいつながりの魔法は、感じられるような気がしたのです。

いまは十月。ハロウィンを月末にひかえ、店内は魔女やかぼちゃや黒猫のかざりで、どこか魔法めいた幻想的なムードにつつまれていました。そんな中で美しい声で語る茉莉亜は自らが魔女のよう。不思議な世界を司《つかさど》る女王のように見えたのでした。

（約束って、大事だよなあ）

有城先生は、街の情報を読み上げる素敵な茉莉亜の声を聴きながら、ぼんやりと思いました。

夜が近くなって熱が上がってきたのか、さっきから寒気が酷《ひど》くなっていました。

こうしてスタジオの椅子に座っていても、自分の体が震えてくるのを感じるくらいです。まずいと思って押さえようとしても、両腕が震えています。

『ほんとうに、わたしの話し相手になってくれるの？』

煙草で焼けたハスキーな声が、ふと、耳の奥をくすぐるように、聞こえてきました。

夜が近くなったサテライトスタジオの、丈高い植木の陰に、そのひとのアイラインでくっきり囲まれた、猫のような瞳が見えるような気がします。

一度きり、出版社のパーティで会った女性。

黒いドレスを身にまとった、長身の美しいひと。

一世を風靡《ふうび》した時代もあったと伝えられていても、いまはもう仕事もなく、その名前も忘れられかけているという、少女漫画家。

平井《ひらい》かの子という名前だと、その場にいた誰かに聞いたのでした。同時に、耳元で、

「あれは死にたがり屋の先生だから、近づかない方がいいぞ」

とも囁かれた記憶がありました。

でもその言葉に、有城先生はそのときそんなに注意する必要を感じなかったのでした。

ただ、さみしそうなひとだな、と想い、そのそばに寄り添ってあげたいような気持ちがしたのでした。

そのひとの漫画を読んだことがありました。ずっと以前、そのひとが人気漫画家で、有城先生がアマチュアの同人誌漫画家だった頃の話です。このひとはなんて繊細で、傷つきやすい、美しい作品を描くのだろうと思いました。

同時に作品の中に生きるひとびとが、みんなさみしげで、自分を見つけて、会いに

来て、と世界に声もなく呼びかけているような、その切なさに心奪われたのでした。一度きり読んだその作品のことを覚えていたので、名前を聞いてすぐに思い出しました。

そのパーティの夜の有城先生は、まだ仕事も絶好調のときで、毎日が楽しくて仕方がありませんでした。自由業についているひとにはありがちなことなのですが、仕事さえうまくいっていれば、世界中が幸せな場所に思えるほどに、楽しい気分になる漫画家は多いものだと、有城先生は思っていました。そしてそんなときの漫画家は不思議な万能感にとりつかれたりすることもあるもので、その夜の有城先生がまさにそうでした。そしてそのとき、有城先生は美味しいお酒をいただいて、気分良く酔ってもいたのです。

なので、ホールの端の目立たないところでひとりでワインを飲んでいたかの子に近づいてゆき、声をかけ、昔読んだ漫画の感想を伝え、その話し相手になったのでした。同じく酔っていたかの子は、ひとりがさみしかったのか、これも酒のせいで気分も口もいくらか軽くなっていたのか、初対面の有城先生に打ち解け、何とはなしに会話をしたりしたのでした。自分の描いたものに感想をもらえたことを、頬を染めて喜んでくれました。

そのひとは、自分も有城先生の漫画を読んだことがあるのだと話してくれました。読んだことがあるどころではなく、好きでよく手に取るとまで話してくれたのです。

著名な漫画家にそういわれて、有城先生は舞い上がりました。

「わたしね、いままでに三回死のうとしたことがあるの」

打ち解けるうちに、そのひとはいいました。

「なんでですか？」

思わず訊き返すと、

「だって、さみしかったんだもん」

かの子はどこかはすっぱな感じで答えました。

「わたしの描く漫画を好きなひとって、昔はいたような気がしてたけど、いまはいないみたいなの。きっと世界のあちこちで絶滅したのね。じゃあこの辺で死ぬかな、って思ったのよ。だって作品を読まれない漫画家なんて、滑稽でしょう？　何のために存在していて、何のために描き続けているのかわからないわ。それにかっこわるいとも思ったの。誰からも必要とされないのに生きてるなんて馬鹿みたい。

痛くない死に方を色々調べてね。準備まではしたんだけど、でもね、いざとなるとなかなか死にきれなくて」

かの子は細い首をうつむけて、ため息をつきました。

その様子は、痛々しい、傷ついた野の鳥のようでした。群れで生きる水鳥が、傷ついて一羽だけ渡りそこねて、ひとりひとの街に取り残されている、そんな哀れでさみしげな姿に見えたのです。

そのひとは長い睫毛《まつげ》をぱさりと揺らして、まばたきをし、微笑みました。

「でも今日こうして、久しぶりの読者さんに会えた。だから今日までまだ生きていてよかった、そう思ったの。ありがとう。有城先生」

有城先生は思わず、そのひとにいっていました。

「ぼくで良ければ話し相手になりますので。気が滅入《めい》るときには、声をかけてくださ い。飲みにでも行きましょう。さみしいときは、ええ、いつでも声をかけていただければ」

「ほんとう?」

「ほんとうです。友達だと思ってくださっていいですから」

呆れたように、でもどこか楽しそうに、かの子は笑いました。

「でも有城先生は、いま評判の売れっ子作家じゃない？　わたしなんかの愚痴なんて聞いているひまがあるの？　マジでいいのかな？」

「マジです」

深く、有城先生がうなずくと、かの子はころころと楽しげに笑って、

「いまどきの若い男の子は優しいのね」

といいました。

「じゃあ今度さみしくなったり、死にたくなったりしたら、声をかけることにするわね」

「死ぬ前にきっと」

「はいはい。死ぬ前にね」

約束、と、そのひとは、長い爪のはえた細い指を差しだし、ふたりは指切りげんまんをしたのでした。マニキュアは闇のような黒でした。

パーティはそろそろおひらきになる時間でした。

「今度ゆっくりお話ししましょう」

どちらからともなくそういいあって、別れたのでした。

そのひとは猫のようなよく輝く瞳をきらめかせて、別れぎわにいいました。

「有城先生は、お描きになる世界と同じ世界に生きてるのね。優しくて、どこか懐かしくて、初めて会ったわけじゃない、と錯覚させるような。ご自分の漫画の世界から出てきたキャラクターみたいだわ」

優しく笑って、そして一言付け加えたのです。

「いまの時代、ずっとその世界を描き続けていけるといいのだけれど……」

がんばります、と自分が笑顔で軽くガッツポーズを作ったことを、有城先生は覚えています。

そのときはもちろん、いまのようなことになるとは思っていなかったのです。

でも結局、かの子と有城先生がふたりで話す機会は、それきり一度もなかったのです。それから少しずつ年月が経《た》ち、たまに有城先生はかの子のことを思い出したりもしましたが、相手は自分よりもずっとキャリアがある先輩漫画家だということもあり、こちらから連絡を取ることにためらいがありました。

あの夜、互いの名刺を交換していたのですから、連絡先はわかっていました。そうしようと思えばできたのですけれど。あれはパーティ、酒の席だったし、という迷いもありました。

そして、つい先日、有城先生は、友人の漫画家から、こんな噂を聞きました。

『死にたがり屋』の平井かの子が、今度こそ死んだらしい。

季節外れの台風襲来で増水した、真奈姫川に沈んで行方不明らしい、と。

通りすがりに彼女が水に入るのを見たひとがいて、通報したのだけれど、彼女はそれきり見つからなかった、帰宅もしていない、と。

水が増えて濁っているから、もしかの子がほんとうに入水《じゅすい》していたとしたら、遺体もなかなか見つからないだろう、と。

「噂だけどね」と友人はいいました。「何しろ、遺体も見つかってないんだし、川岸に自力で上がってどこかで生きてるのかも知れない。平井さん、天涯孤独で友達もいなかったみたいだから、捜してるひともいないんだよね。

生きていても死んでいても、誰にも捜してもらえないって寂しいよね」

(どこかで、酒の上での戯《ざ》れ言だと思ってたんだ)

死にたいなんて。

(死にたがり屋のひとなんか、どこにだっていると思ってたんだ)

死にたい死にたいと口癖のようにいうひとは、どこにだっているものだと有城先生は以前から思っていました。学校でだって、バイト先の飲食店でだって、そういうひとはざらにいた印象がありました。

どこかで、自分とは無関係な人々の話のように思ってもいました。

けれど、いまの有城先生には、あのパーティの夜の、黒いドレスを着ていた美しいかの子が身にまとっていた、寂しさややりきれなさが、他人事《ひとごと》のようには思えないのでした。

仕事がうまくいかないこと。

自分の漫画は誰にも求められていないのかも知れないという哀《かな》しみ。

漫画が描けない自分なら、この世界に生きていても、意味がないのではないか、と、ついつい思い詰めてしまう苦しさ。

すべてがわかりすぎて、もしいま目の前に鏡があれば、そこに映るのは自分ではなく、平井かの子のあの猫のような瞳の顔ではないかという気さえするのでした。

ひとつ、心残りなことがありました。

最近のある日、真夜中に、番号非通知の電話がかかってきたことがあったのです。

漫画家なら起きていることもある時間とはいえ、非常識なほどの遅い時間でした。

気が滅入って早く床に入っていた有城先生は、突如として鳴った着信音、それも非通知なのが腹立たしくて、寝たふりをして、その電話を取りませんでした。

電話は長く長く鳴り続いて、やがて、あきらめたように切れました。

その後、平井かの子が行方不明になっているらしい、という話を友人から聞いて、もしかしたら、と思ったのでした。

あの非通知の電話はもしかしたら、川に入る前、助けを求めて、話を聴いてほしくて、有城先生にかけた、かの子からの電話だったのではないかと。——なのに、有城先生はその電話に出なかったのでした。

（きっと話し相手になると約束したのに）

そして番組が終わりました。

その頃には、有城先生はいよいよ具合が悪くなっていて、しばらく椅子から立ち上がれないくらいでした。

「先生、お近くまでわたしがお送りしましょうか?」

茉莉亜が優しく声をかけました。

「いや、そんな。悪いですから」

いいえ、と茉莉亜は優しい笑顔で首を横に振りました。

「ここから先生のお宅があるマンションへは、真奈姫川の川沿いの遊歩道を行くんですよね。でも数日前の季節外れの台風のせいで、まだまだ川の水は増量しています。足元だって、降り続いた雨のせいで、滑ります。今夜の先生のそんな足取りで歩いてたら、ころんで川に落ちて流されてしまいそうですもの」

大丈夫、そう応えようとしたのです。したのですが、気がつくと、有城先生は、茉莉亜に手を取られ、千草苑を出ていました。

「それにほら、ハロウィンが近いから、そんなに生気がないと引き寄せられちゃいますよ、いろんなものに。

お化けが元気になる時期ですもの」

ふふ、と不思議な感じに、茉莉亜は笑いました。癖のある髪が、ふわりと夜風になびいて、良い香りがしました。

十月のことです。

千草苑もそうでしたが、街はハロウィンの魔女やかぼちゃの飾り付けで溢《あふ》れていました。オレンジや紫の電飾が灯る街を、白くほっそりとした茉莉亜の手に支えられて歩いていると、胸がどきどきとして、夢を見ているようでした。

十月の夜の空には、灰色の雨雲がゆらりと浮かび、雲の切れ間からはときどき、冴《さ》え冴《ざ》えとした月が光を放っているのでした。


街からやや遠ざかり、目の端に、ぼんやりと繁華街の明かりを映しながら歩いているうちに、有城先生は、暗い夜の川の方から、誰かが自分を呼ぶ声に気づきました。

振りかえると、水面《みなも》に誰かが立っています。

平井かの子でした。唐突にそこに立っていました。

あのパーティの夜と同じ、夜の精のような黒く長いドレスを着て、そこにいるのです。

ああ、そこにいたのか、と思いました。

やはりそこにいたのですか、と。

そのひとは上機嫌な笑顔で、でもどこかさみしそうに、有城先生を見上げ、一言いいました。

『約束、したわよね？』

有城先生はぎこちなくうなずきました。

そして、そのまま遊歩道の柵に手をかけて、暗い川の方へと下りていこうとしたのです。迷いもためらいもしませんでした。

茉莉亜が驚いたように、引き留めようとしましたが、白いてのひらを柔らかくふりほどくようにして、暗がりにその身を向けました。

草むらの土は降り続いた雨を含み、ぬかるんでいて、足元が頼りなく、滑ります。

どこかで、夢を見ているようだと思っていました。

自分は何をしているのだろうと。

でも、同時に思ってもいました。

この先、漫画を描いていけないのなら、もうこの世界にいても意味がないのではないのだろうか、と。

（描けないのなら、生きていても仕方ない）

そもそも、子どもの頃から、自分は誰にも必要とされていなかったのです。

なるべく考えまいとしてきたことを、その事実を、今更のように思い詰めました。

一生懸命生きてきたけれど、自分の方ではこの世界のことも、身近にいるたくさんのひとのことも好きだったけれど、それは何もかも空《むな》しいことだったのかも知れない、と。

（錯覚だったのかも知れない）

この自分に才能があったとか、誰かの役に立てていたとか。

いつだってあの家に置いていかれ、忘れられていた、おもちゃのロボットとこっくりさんだけが友達で家族だった、それが有城竹友という人間だったのに。

広々とした夜の川は、闇を流すように漆黒の流れに見えました。その水面に立つ平井かの子が、水鳥が羽を広げるように、黒いドレスをまとった両腕を広げるのが見えました。猫のような目に涙が流れました。

ああ呼んでいる、と思いました。

自分はあのひとの話し相手になると約束したのだから、ではそばに行ってあげてもいいじゃないか、と思いました。

ロボットやこっくりさんとの約束を守れなかった自分だけども、最後にせめて、彼女との約束を守ることができたなら。

それなら自分を許せそうだと、そう思ったのです。

自分を呼ぶ、茉莉亜の声が聞こえました。

でも引き留めようとするその声は、あまりに美しくて、あまりに明るく透き通っている、光の世界からの声のようで。

振りかえると、光に焼かれてしまいそうな気がしました。眩《まぶ》しすぎて、目が開けられないような気がしたのです。

有城先生は身を縮め、ただ一心に、前に向かって、闇へと下りていこうとしました。

柵の向こうには、川原へ下りる階段があります。鉄の手すりを摑《つか》み、雑草に覆われたコンクリートの階段を、有城先生は下りてゆきました。辺りは真っ暗で、遊歩道に光っている街灯は遠く見えました。濡れた草の匂いと、土の匂い、川から漂う水の匂いが、有城先生を取り巻いていました。

その中心に立つように、川の流れの上にかの子がいて、有城先生が下りてくるのを、嬉しそうな笑顔で待っているのでした。

涙に濡れた寂しそうな笑顔は、暗がりの中に、白く浮かび上がり、有城先生は、早くそばに行ってあげないといけないと、それだけ考えていました。

(水の中は、冷たかったろうなあ)

けれど、あの暗い流れの中に入れば、自分もゆっくり休めるのだと思いました。もうこの先のことを考えず、二度と目覚めなくていい眠りにつくことができる。だから自分もあの闇の住人になろうと思いました。ひとりなら寂しいかも知れないけれど、かの子と二人なら、そうでもないのかも知れません。

よろめく足が、濡れた草むらの中に立ちました。錆びた鉄の手すりから手を離し、前のめりに、暗い川に向かって歩いて行こうとしました。

ふと、足元が揺らぎました。

そして、そのときでした。

何か重くてがっしりとしたものが、自分の足をつまずかせるのを有城先生は感じたのです。草むらで、有城先生は転びました。

前に転がり落ちそうになったのを、誰かが足首を摑み、引き留めました。

それは古く錆びたロボットでした。そのメッキの剝げた両腕が、先がU字形の古めかしいデザインのかわいらしい腕が、有城先生の足を力一杯摑んでいたのです。

ぬかるんだ土と、濡れた草の匂いがする草むらに、有城先生は座り込んで、傍らにいる、懐かしい、古いおもちゃを見つめました。

泥だらけの金属の塊の、その頭にある折れたアンテナがぐるぐると回っていました。

赤いふたつの目がちかちかと輝いて、有城先生を見つめました。口元がオレンジ色に光って、

『間に合った』

といったような気がしました。

『竹友くん、しっかりして。死んじゃだめだ。あの川の中に、きみは入ってはいけないんだ』

　それは聞いたことのないはずの、おもちゃのロボットの声。でも子どもの頃に、夢の中で聞いた、それと同じ声だと思いました。

　自分の身に何が起きているのかわからないまま、有城先生は自分が進もうと思っていた方に目を向けました。

　そこに、夜の川の上に、黒い衣装に身を包んだ、美しいひとが立っていました。

　ただ、こちらを凝視するその瞳は、まるで獣のようで、恐ろしく、ぞっとしました。

　有城先生は震えだしたからだを抱えて、その場に、草むらの中にうずくまったのです。

　ロボットが、ほっとしたようにいいました。

『竹友くん、約束が守れて良かった。ね、ぼくは昔、いつかきみがぼくを助けてくれたように、ぼくがきみを守ると約束しただろう？　ぼくは何しろ旧式のおもちゃだし、からだが小さいから、ここまで来るのに時間がかかってしまったんだ。間に合わないかと思ったよ』

　夢を見ているような気持ちで、有城先生は、泥だらけのロボットに手を触れました。

　ひんやりとしたロボットは、先がU字形の腕を上げて、握手でもするように有城先生の指を摑みました。

『ずっときみのそばにいると約束したのに、そばを離れていて、ごめんね。新しい家の押入の箱の中があんまり居心地が良くて、ぼく、うっかりずうっと眠っていたの。目が覚めて、慌ててきみを捜したんだよ。でもきみは、遠い街に引っ越していたんだね』

長い旅だったよ、とロボットは笑いました。少しだけ得意そうに、赤い目を光らせて。

「ぼくこそ、忘れていてごめん」

ロボットは頭のアンテナを回しました。

『友達だから、いいんだよ。ね、竹友くん。これからはずっといっしょにいてもいい？』

有城先生は何も答えずに、黙って、おもちゃのロボットを抱き上げ、その濡れた硬いからだを抱きしめました。

ふと刺すような視線を感じて、有城先生は、川の方を見ました。

かの子が、あの黒い服を着たひとが、水から上がってくるところでした。

全身から水と水草の匂いをさせながら、そのひとは水辺へと上がってこようとしていたのです。

『話し相手になってくれるっていったじゃない?』

かの子はいいました。

とても優しい声で。

『さあ、こちらでお話ししましょう。約束したでしょう?

今度ゆっくり話そうって』

ゆらゆらと夜の空気の中を近づいてきます。白い頰に笑みを浮かべ、黒い袖に包まれた腕を、まっすぐに伸ばしてきました。

逃げる気になれなかったのは、とても具合が悪くて、朦朧《もうろう》としていたからでした。

そして心のどこかで、かの子のことが気の毒で、かわいそうで、そんなにさみしいのなら、自分がそばにいてあげるのもいいのかもしれない、と思っていたからでした。

ロボットが自分のからだにすがるのを感じました。行くなというように目と口が光るのを見ました。けれどもう、悪いけれどがんばれない気がしたのです。

けれど、そのときでした。

「まったくもう、有城先生ったら」

草を分けて、歩み寄ってくる足音と、気配がありました。

その誰かの気配とともに、草むらの草たちと、上の道の街路樹たちが、ざわめくのに有城先生は気づきました。

茉莉亜が近づいてきました。そのまわりで、まるで犬たちが飼い主に従おうとするように、植物たちがゆらゆらと葉を揺らし、道を開けるのが見えました。

（道を開ける？）

有城先生は目を見張りました。

植物が動く、そんなことがあるのでしょうか。何か自分が、おとぎ話の世界に入り込んでしまったような気がしました。それをいうなら、おもちゃのロボットと会話をした、その瞬間からもう、夢かうつつかわからない世界を漂っているような、現実世界を離れてしまっているような気もしていたのですが。

「有城先生？」

茉莉亜がうたうように、彼の名を呼びました。

「さあ、帰りましょう」

声とともに、何かひんやりとした優しく柔らかいものが、有城先生に肩を貸し、手を引くようにして、その場に立ち上がらせました。

いつの間にかそこにつるつると伸びていた蔓草《つるくさ》でした。するすると蕾《つぼみ》が伸び、開いていくところを見ると、宿根朝顔か昼顔の仲間の何かのようでした。

「季節外れの台風が、先日吹きましたでしょう？　南の国の空気が海を渡って、通り過ぎていったから、南の国から来た植物の子孫たちが、元気になっているみたいですね」

茉莉亜が夜風にゆらゆらと揺れる花々の蔓を撫《な》でながら、いいました。まるで花々の女王のようだ、と、有城先生は思いました。

空の雨雲が、ゆっくりと動いて、川原に静かに、月の光が射《さ》しました。

光の中で、茉莉亜がかの子の方を指さして、静かにいいました。

「あなたは水にお帰りなさい」

かの子は、じいっと茉莉亜を見つめ、そして、有城先生の方を見つめました。

るの」

「このひとはだめ。わたしが守ると約束したんだから。あなたはひとりで水の中に帰

そして、茉莉亜は有城先生の方を振り返りました。

月の光にきらめく瞳でいいました。

「そして先生。先生は上の世界に帰らなくちゃいけないんです。水の中から帰れない人は仕方がない。かわいそうでも仕方がないの、自分でそう決めてしまったのだから。でも先生はそういうわけじゃあない。まだ生きていかなきゃいけないんです」

かの子は、こちらを向いたまま、滑るように川の方へと帰って行きました。

そして、有城先生を見つめたまま、すうっと暗い水の中に沈んでゆきました。

その姿が見えなくなっていったとき、有城先生の心の中に、彼女に手を伸ばして引き留めたいような気持ちがわきました。

いや実際、もう少しで、声を出して呼び止めていたのだと思います。

けれど、その頬に、茉莉亜のてのひらが優しくふれました。百合《ゆり》の花びらのような、良い香りのする、なめらかなてのひらでした。

てのひらは頬を撫で、額にふれました。

「やっぱりお熱がありますね」

さらりと茉莉亜はいいました。そして、

「近所に仲の良いお医者様がいらっしゃる、夜間診療所があるんです。うちとは古いおつきあいなんです。よかったら、そちらを訪ねてみませんか？」

そういうと、有城先生の答えも待たずに、その手を引いて、遊歩道へ、コンクリートの階段の上へと向かおうとしました。

植物たちが、ざわざわとゆらめき、有城先生をあるいはひっぱり、あるいは押したりしながら、階段の上へと押し上げようとします。

有城先生は朦朧とした気分の中で、これは夢じゃないかと思いながら、茉莉亜の後をゆっくりと追うように、ついていきました。

夢ではない、その証拠のように、彼の腕の中には、古い友達、おもちゃのロボットがありました。――そして。

気がつくと、草むらに、彼の足元に、小さな犬のような金色の光が、ちょこちょこと従っていたのです。光は有城先生を見上げて、嬉しそうにいいました。

『あれ、もしかして、おまえ、いま、俺のことが見えるの？』

「俺って、君は誰?」

訊かなくてもわかるような気がしていました。でも訊ねずにはいられませんでした。

『俺は俺だよ』

「そんな。オレオレ詐欺じゃないんだから」

『神様』

「え」

『しょうがないなあ。俺は、おまえが子どもの頃から、ずっとそばにいる、こっくりさんだよ。おまえが昔、そうしていいっていったんじゃないか。うちにこいって。ちょっと待てよ、おい、忘れたの?』

子狐のかたちをしたものは、尖った鼻をつんと突き上げて、呆れたようにいいました。『どうりでこの頃話しかけてくれなくなったなって思ってたよ』

「ずっとそばにいる?」

『だから、俺はずっとおまえのそばにいたの。おまえが元気なときも、落ち込んでいるいまも、そばで見てるの。これからもそばにいるの。ずっと見守ってるの。友達だから。おまえが鈍感だから、気づかなかっただけなの』

「――知らなかった」

　ふん、と子狐は鼻を鳴らしました。

『そんなだから、危ない目に遭ったりするんだ』

　草むらを歩き、階段を上りながら、子狐はいいました。乱暴な口調で。

『あのね。おまえはきっと、元気になったら、俺のことが見えなくなる。こんな風に話も出来なくなる。だからいまのうちにしかっとくわ。しっかりしろよ、馬鹿』

「え。そうなの。見えなくなるのか……」

『いま俺が見えてるのは、おまえが死にかけてるからなの。たましいがこっちに近づいてるからなの。それ聞いても見えてた方がいい？』

「どうだろう。でも見えなくなるとさみしくなりそうで」

　子狐は苦笑するような鼻息を漏らしました。そして、優しい声でいいました。

『大丈夫だよ。俺はずっとおまえのそばにいる。おまえに俺が見えなくても、いつだって、そばにいるんだ。きっとおまえのそばにいてやるから。だから心配するな。その、ロボットだってそうだよ』

　有城先生は、腕の中のロボットを抱きしめました。いまはもう動かない、ただの金属の塊のようになった古いおもちゃを。

『あと、ほら、そこにいる猫』

子狐の目の見る方に目をやると、白い猫が、草むらの中に立っていました。忘れようもない、大切な友達だった猫でした。にこっと目を細めて笑いました。

『あいつだって、ずっとおまえのそばにいたんだ。おまえは見えてなかったけどさ。あのな。竹友。おぼえておけ。おまえはこの先また、孤独に悩んだり、味方してくれるひとが誰もいないみたいな、そんな気分になることがあるかも知れない。でもそんなときも、きっとおまえのそばに俺たち古い友達はいるんだ。だからな。どんなときも、おまえはひとりじゃない。もしおまえがいつか、俺たちのことを忘れてしまっても、ひとりじゃないんだ』

「もう忘れないよ。絶対忘れない」

誓うようにいいました。

けれど、子狐は何もいわずに、ただ口を引いて笑い顔になりました。

『あ、もうひとつ大事なことというの忘れた。竹友、漫画はやめるなよ。俺はいつだって、おまえの漫画が好きだからな。子どもの頃、大学ノートに描いていた、あの頃からな』
「昔はきっつい感想ばかりいってたくせに」
『それはほら、愛の鞭《むち》ってやつさ』
子狐は高い声で一声鳴きました。笑い声だったのかな、と、有城先生は思いました。

その十月の不思議な夜のことを、有城先生ははっきりとは覚えていないのです。

子狐とはもう少しいろんなことを話したような気もしますし、すぐに姿が見えなくなったような気もします。

茉莉亜に連れて行かれたのは、昭和の時代かもっと前に建てられたような古い病院で、そこで仙人のような先生に胸に聴診器を当てられ、薬を出された、その記憶ははっきりと覚えています。

そして、その日から、有城先生は少しずつ元気になっていったのでした。

振りかえると、あの夜の出来事はすべて夢のようで。夢だったと思うことの方がリアルなようでもあって。

ただ、あの夜、川原一面に咲いた南の国の植物たちは、そのあとクリスマス近くまで咲き乱れ、風に揺れていました。

おもちゃのロボットは、いまも有城先生の手元にあります。もう動かない、ただの錆びた金属の塊のようなものになってしまいましたけれど。

でも、有城先生は、ひとり暮らしの部屋の中で、ときどきはロボットに話しかけるようになりました。

子狐の神様に、声をかけてみることもあります。

そんな風にしていると、自分が変なひとのように思えることもあるのですが、でもまあいいや、と思うのでした。

そういえば、漫画の原稿を描いた後、消しゴムをかけた後に、その消しゴムのかすがきれいにまとめてあったことがありました。

「もしかして、しっぽでまとめていたりして」

なんて想像すると、かわいらしい気がして、笑ってしまいました。

「お、待てよ。売れっ子漫画家のところに、謎のアシスタントが手伝いに来るって話はどうだろう? すごい美少女なんだけど、実は正体は田舎から来た狐の化身で、漫画家が子ども時代に助けた子狐が化けた姿なんだ」

ぶつぶつと呟きながら、スケッチブックにさらさらと、主人公の漫画家と、子狐が化けた美少女アシスタントの姿を描きました。

「最近はお仕事ものの小説が流行だし、漫画でそれをやるのもいいんじゃないかな。あと、あやかしがカフェを経営して謎解きをするような設定の物語がライトノベルやライト文芸では人気みたいだから、その要素も入れる感じで。もちろん、恋愛ものの要素も入れて。

よし、面白そうじゃないか」

ヒロインは、ダブルヒロインにするのもいいかも知れません。花屋の看板娘で、草や木とお話ができる、美しい魔女か妖精のような娘にするのも楽しそう。モデルはあなたです、といえば、茉莉亜は喜ぶだろうか、と、有城先生は想像し、照れてしまって笑いました。

「この世界には、魔法が存在していたんだな」

優しくそばで見守る瞳が、いつだって、自分のそばにあったんだなと思いました。

そのことを、もう忘れないようにしようと。

久しぶりに、物語を考えることが楽しい、と思えました。趣味の合わない編集者だけれど、仕方ない、彼にプロットを送ってみるかと思いました。

ふと、自分のそばに子狐と白い猫の気配を感じたような気がしました。

彼らはスケッチブックをのぞき込み、満足そうに笑った、そんな気がしたのです。

エピローグ　地上に光るは輝く瞳

十月終わりの夜。

そうハロウィンの夜に、花咲《はなさき》家の飼い猫、白い猫の小雪《こゆき》は、ふと目を覚ましました。大好きなこの家の末っ子桂《けい》の、その胸元に寄り添うようにして眠っていたのですが、何か気がかりなものの気配《けはい》を感じて、目が覚めたのです。

金色の瞳で、小雪は気配を捜して、辺りを見回しました。

「それ」は、一階の天井《てんじょう》の上、その上の二階の天井の上。さらに上の空の方。そのずっとずっと高いところにいて、地上の様子をうかがっているようでした。

(なんだか、いやあな感じ)

楽しそうな気配ではありませんでした。

小雪はそうっと、桂を起こさないようにお布団を離れました。

足音を立てずに(そういうことは猫の得意なことです)廊下を歩き、突き当たりにあるベランダへと、猫用の扉から出ました。

ベランダからあたりを見回しました。

気がつくと、夜の空気の中に、きらきらちかちかとまたたく光があります。

街のあちこちに佇《たたず》む猫たちの瞳でした。

みんなが上空の不穏な気配に気づいていて、それが気になっているようでした。

猫たちはやがて、空の上の高いところにいる何ものかを見つけ、それぞれのいる場所から、じっと見つめました。

「それ」は鯨《くじら》のような、いるかのような、さめのような形をしたものでした。

その巨大な生き物は、どこかこの世界とは違う次元から迷いこんできたものだと、小雪にはわかりました。その辺り、猫には直感でわかってしまう事柄なのでした。

今夜はハロウィン、特別な魔法の夜だから、そのことに影響を受けて、強い力を持っているのだということも。

「それ」をこのまま放っておくと、地上にたくさんの災厄をもたらすということも。

——特に人間たちには、たくさんの不幸が降りそそぐだろうということも。

人間たちには、猫のように、「あれ」が見えないのです。なぜこんなことが起きたのかわからない、そんな状態のまま、不幸に晒《さら》されると、猫たちにはわかりました。

(「あれ」は放っておいてはいけないものだわ)

小雪は牙に力を入れて、空を見上げました。

みんなが同時に、「それ」を見つめたとき、地上に、誰の目にも見えない、巨大な魔方陣が描かれました。——そうそれは、猫たちの瞳が放つ光が星座のように結ばれて大きな方形になった、そうして生まれたものだったのでした。

魔方陣から、虹色の清らかな光が放たれました。光に焼かれて、魔物は消えてゆきました。人間たちの目には見えない塵《ちり》になり、夜空に溶けていくように。

それは音のない戦い。あたたかな寝床で眠る人間たちには気づかれない、静かでごく短い時間で終わった、戦いでした。


小雪は空を見上げたまま、まばたきをしました。

(あら、わたしはどうして、こんなところにいるんだったかしら)

十月終わりのもうすっかり涼しくなった夜に、どうして桂の寝床を離れて、ひとりきり、ベランダで空なんか見上げていたのでしょう?

気がつくと、近所の猫たちも、みんな外へ出ていて、不思議そうな表情で空を見上げたり、互いに見つめ合ったりしていました。

小雪は首をかしげながら、ベランダを歩き、桂の部屋へと戻りました。

「……あれ、小雪、どこに行っていたの？」

眠そうに目をこすりながら、桂が訊きました。

小雪は一声、にゃあん、と答えると、桂の優しいてのひらに、白い頭をこすりつけ、胸元に丸くなると目を閉じたのでした。

人間たちが知らない、猫たちの仕事があります。昔々、エジプトのナイルのほとりで、猫たちが人間とともに暮らすことを決めた頃から、ねずみ取りとともに引き受けてきた仕事でした。

ひとの目には見えない、感じられない魔物から、猫の持つ力で人間を守ること。

その約束は、遠い遠い昔、まだ神々が地上で暮らしていた神話の時代に、猫が神様と交わした約束で決まったことでした。――なので、大概の猫たちは、そんな約束を覚えてなんかいませんでした。

なぜそんなことをするのか、しなくてはいけないのか、それがわからないままに、街を守っているのでした。先祖から受け継いだたましいの遺伝子が無意識のうちにそうさせるので、自分たちがそんなことをしていることさえ、気づいていませんでした。

人知れず、地上に輝く星座のように祈りの網を張って、猫たちは街を守るのでした。あたたかい屋根の下、人間の寝床に迎えられ、ともに暮らすようになったその時から、尊い仕事として、先祖代々街を守るのです。

ひとの手でどんなに酷《ひど》い目に遭っても、裏切られ、捨てられ、命を落としても、猫たちは人間を見捨てずに、何度でも地上へと帰ってくるのでした。

それが先祖の代に猫が神様と交わした約束だから。ひとの子と互いに愛し合い、この先の未来まで生きていくと。ナイルの川の流れの、そのほとりで誓ったのでした。猫の頭の女神がそれを認め、その誓いは真実のものとして成立したのです。

桂といっしょの寝床で眠りながら、小雪は夢を見ていました。

夢の中では、小雪は白猫ではなく、黒い縞《しま》のある、山猫の娘でした。

はるかな昔のことだわ、と夢の中で山猫の小雪は思いました。

大きな川が流れる、きらきらした光に満ちていたところ——神殿で、山猫は、女神様と会話を交わしたのでした。女神はとても背が高く、美しい姿をしていました。大きな力を持つ女神でしたけれど、その顔は猫でした。

そのころ、地上には神様と呼ばれるものがたくさんいたということを、山猫の小雪は知っていました。

山猫の小雪は、女神にとりわけ愛されていました。ずっと女神様のそばで暮らしていれば、自分は誰からもいじめられることもなく平和に生きていけるだろうと、想像はできました。

けれど、山猫は女神のそばを離れ、ひとの家でともに暮らすようになったのでした。

山猫は出会った人間の子供たちと友達になりました。それがきっかけで、おとなのひとたちにも撫《な》でてもらえるようになりました。

人間たちは大切な倉庫のものをねずみに荒らされて涙を流したりしていました。それから守ってあげたいと山猫は思ったのです。自分たちならそれができると。

そうしてあげたいと思えるほど、ひとの手は優しく、心地よいものでした。


猫の頭の女神は知っていました。

人間は心のうちに闇を持つ、いずれ滅ぼされるべきものとして、地上の神々のうちあるものたちや異界の精霊たちに疎まれているのだということを。

小さな猫たちが、どんなに頑張っても、人間を守りきれるものではないだろうと、女神にはわかっていました。

猫の頭の女神はいいました。

『かわいいおまえ。小さな猫よ。おまえには、わたしの力をわけてあげましょう。これからずっと先の未来まで、この地に広がる一匹一匹の猫のその瞳の中に、魔法の力を宿しましょう。悪《あ》しきものが地上を訪れようとしたときに、みんなの力で追い払えるように。

みんなの力で大切なものを守れるように』

そして女神は涙ぐみました。

『おまえがこの腕を離れれば、わたしは寂しくなるでしょう。おまえがひとのかいなに抱かれて、あたたかな部屋で眠るとき、わたしは広い神殿で、ひとりきり眠るのです』

女神は知っていました。神の力で、これから先の未来が見えていました。ひとのそばで暮らすことを選んだ猫たちの思いが純粋でも、どんなに愛に満ちていても、ひとは時に、彼らの思いを足蹴にし、なぶり殺しにしたりもするでしょう。未熟な魂を持つもの、それが人間だからです。

それがわかっているから、愛するものを人間たちの元に送り出すことが、辛《つら》かったのでした。

女神は猫たちがかわいくて、そしておそらくは、人間たちのことをも好きだったからでした。不完全なかたちの魂しか持ちえないとわかっていても。

そして遠い遠い未来。その頃には、小さな猫たちは自分がかつて女神の神殿で暮らしていたこと、森で自由に生きる狩人《かりゅうど》だったということも忘れてしまうことでしょう。それも女神にはわかっていました。

けれど女神の不安を見抜いた猫は、笑顔で、約束します、あなたのことも、そばにあった日も、ずっと覚えています、と応えました。

『ずうっと未来になっても、わたしたちは忘れません。女神様。あなたがわたしたちを愛してくれたことを。星空の下、ナイルのほとり、暑い国の森の中で眠る夜が素敵だったことを。神殿の昼寝がすてきだったことも。

そして、優しいあなたが、わたしたちを手放し、送り出してくれたことを。

あなたを大好きだったことを、わたしとわたしの子孫は、永遠に忘れません。わたしたちはきっと、ひとの子たちとともに、幸せになります』

眠る小雪の心の中に、知らない女のひとの笑顔が見えました。

そのひとはどういうわけか、おめんのように猫の頭をくっつけているのです。

変わったひとだけど、それは懐かしい誰かだと思いました。ちょっとこの家の茉莉《まり》亜《あ》さんにも似ている、と思いました。

このひとはたぶん、小雪にとってお母さんで、それからお姉さんのようなひとだと思いました。

猫の頭のそのひとは、小雪が幸せであるように願っているのです。この世界のどこかにある彼女の居場所から。そのひとはとても大きな家に住んでいて、近くには海のように大きな川が流れていました。

だから小雪は幸せにならなくてはいけないのでした。

それから、そのひとはいつか、少し先に小雪が寿命を終えた後、迎えてくれるひとなのです。その胸に里帰りするひとなのです。

そしてまたきっと、小雪が新しく生きたいと思えば、地上に送り出してくれるひとなのです。

新しい瞳と毛色を得て、その地にかえりなさいと。大好きなひとと出会い、愛され、愛しなさいと。

小雪は桂に寄り添って、ぬくぬくと眠りました。

行ったことのない、たぶん一生旅していくことがない、ピラミッドと砂漠がある国の、美しく長いナイル川のきらめきをまぶたの裏に感じながら。

あとがき

二〇一六年、今年の夏はそれはそれは暑い夏でした。おまけに、仕事の締めきりが数社分集中して、そういう意味でも熱い夏でした。

それじゃあと少しでも涼しくなるように、今回は怪談づくしにさせていただきました。

ホラーです。恐怖です。怖い話です。

もともとわたしは怖い話が好きで、昔から内外のあれやこれやを読んだり見たりしてきているのですが、なかなか描く機会が無く、いちどちゃんと書きたいなあと機会をうかがっていました。で、首尾よく、その希望が通ったのですが——。

やはり主人公が花咲《はなさき》家のひとびとで、語りがですますの物語では、あまりに怖い物語や、痛そうなシーンは書けないんですよね。

そういうわけで、タイトルに「怪」の字が入るわりには、まあお化け話みたいな、そんな感じの短編集になったかと思います。

……でももしかして、怖くて驚いたひとがいたらごめんなさい。


エピローグの小雪《こゆき》の話だけ、猫に興味と知識があるひと以外にはわかりにくそうなのでかんたんな説明を。猫の顔の女神はバステトという名前の古代エジプトの神様です。家の守護者で、人間を病気や悪霊から守る神様だといわれ、猫は彼女の化身だとされています。

現在の家猫の先祖とされるリビアヤマネコがひとと暮らすようになったのは、古代エジプト時代からだろうといわれておりまして、ということはナイル川のほとりの女神を祭る神殿で、こんな会話もあったかもな、などとわたしは思いを馳せたのでした。

猫とひとは共生の関係にあります。それが互いが生きる上で有利だったからの選択だったわけですが、人間が大好きで、何よりもわたしのそばにいることを望む我が家の猫を見ていると、その混じりけの無い愛情に、申し訳ないような思いがすることも多々。何だってあんたたちの先祖は、人間ごときのそばにいることを選んだのかしらね、などと話しかけながら、今日もそっと頭やのどを撫《な》でています。

今回も、校正と校閲の鷗来堂さんにはお世話になりました。ありがとうございました。

表紙イラストは今回から描いてくださることになりました、ｕｋｉさん。繊細な心情のうかがえる桂《けい》をありがとうございました。

装幀はいつもの、next door design 岡本歌織さん、またも美しい本に感謝です。

二〇一六年　九月

長かった夏がようやく終わりそうな夜に、ベランダに吊したままの風鈴の音を聴きながら

村山早紀

この作品は徳間文庫のために書下されました。
なお本作品はフィクションであり実在の個人・団体などとは一切関係がありません。

徳間文庫

花咲家《はなさきけ》の怪《かい》

2016年10月15日 初刷

著者 村《むら》山《やま》早《さ》紀《き》

発行者 平野健一

東京都港区芝大門二—二—二〒105—8055

発行所 株式会社徳間書店

電話 編集〇三(五四〇三)四三四九
販売〇四八(四五一)五九六〇

振替 〇〇一四〇—〇—四四三九二

印刷
製本 株式会社廣済堂

ISBN978-4-19-894158-1 (乱丁、落丁本はお取りかえいたします)